12/21

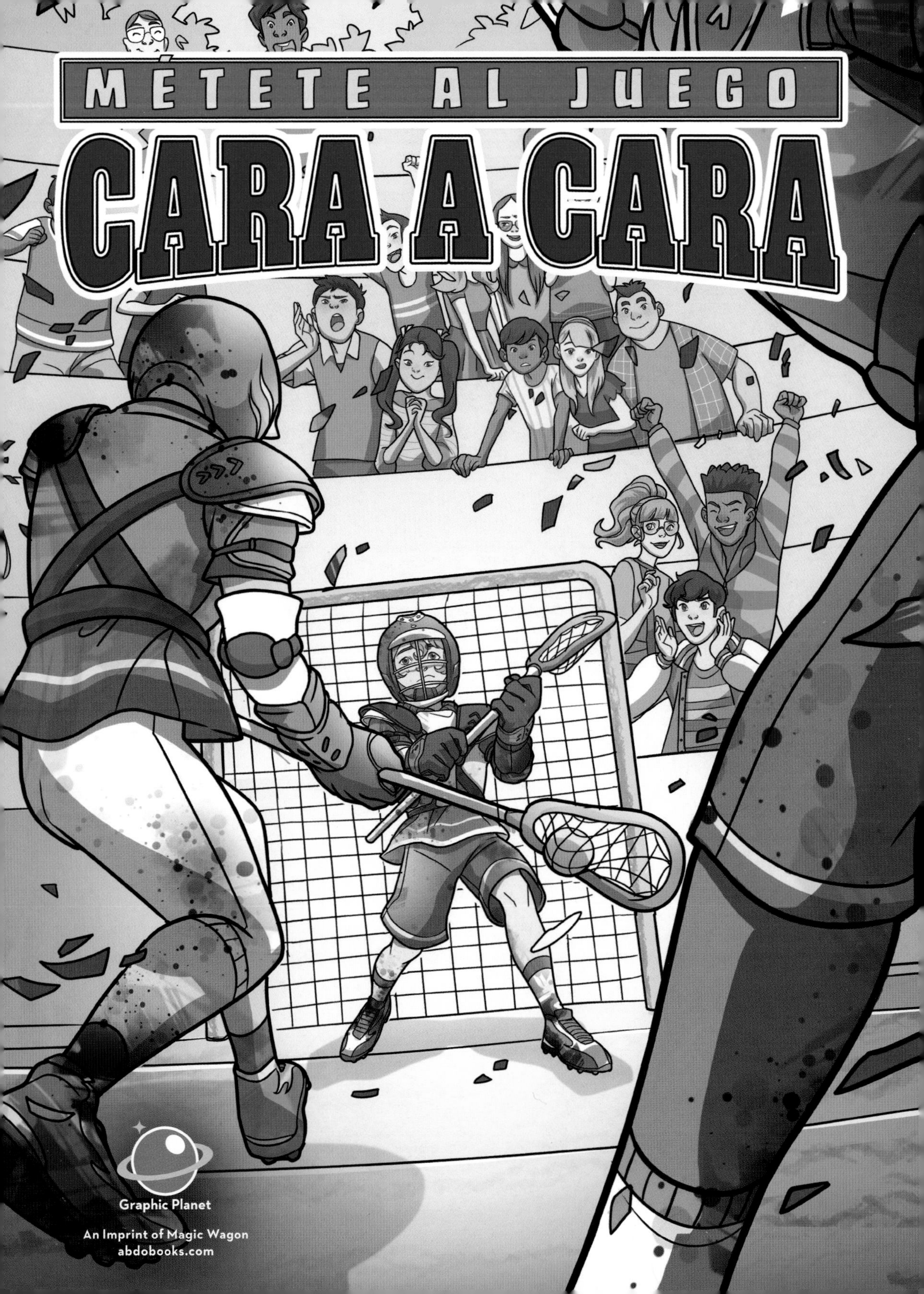
MÉTETE AL JUEGO
CARA A CARA
Graphic Planet
An Imprint of Magic Wagon
abdobooks.com

abdobooks.com

Published by Magic Wagon, a division of ABDO, PO Box 398166, Minneapolis, Minnesota 55439.
Copyright © 2021 by Abdo Consulting Group, Inc. International copyrights reserved in all countries.
No part of this book may be reproduced in any form without written permission from the publisher.
Graphic Planet™ is a trademark and logo of Magic Wagon.

Printed in the United States of America, North Mankato, Minnesota.
082020
012021

THIS BOOK CONTAINS
RECYCLED MATERIALS

Written by David Lawrence
Ancillaries written by Bill Yu
Translated by Brook Helen Thompson
Pencils by Paola Amormino
Inks by Renato Siragusa
Colored by Tiziana Musmeci
Lettered by Kathryn S. Renta
Card Illustrations by Emanuele Cardillo and Gabriele Cracolici (Grafimated)
Layout and design by Pejee Calanog of Glass House Graphics and Christina Doffing of ABDO
Editorial supervision by David Campiti
Edited by Giovanni Spadaro (Grafimated Cartoon)
Packaged by Glass House Graphics
Art Directed by Candice Keimig
Editorial Support by Tamara L. Britton
Translation Design by Pakou Moua

Library of Congress Control Number: 2019957784

Publisher's Cataloging-in-Publication Data

Names: Lawrence, David, author. | Amormino, Paola; Siragusa, Renato, illustrators.
Title: Cara a cara / by David Lawrence; illustrated by Paola Amormino and Renato Siragusa.
Other title: Face-off, Spanish.
Description: Minneapolis, Minnesota : Magic Wagon, 2021. | Series: Mètete al juego
Summary: Artie Lieberman tries out for Peabody's lacrosse team. He is excited to make the team. But
  when he is bullied by a group of bigger boys, he's not sure he wants to keep playing. Can he stand up
  to the bullies? Is it even worth it?
Identifiers: ISBN 9781532137884 (lib.bdg.) | ISBN 9781532138027 (ebook)
Subjects: LCSH: Lacrosse--Juvenile fiction. | Bullying--Juvenile fiction. | Sports teams--Juvenile fiction. |
  Self-reliance in adolescence--Juvenile fiction. | Graphic novels--Juvenile fiction.
Classification: DDC 741.5--dc23

CONTENIDO

CARA A CARA

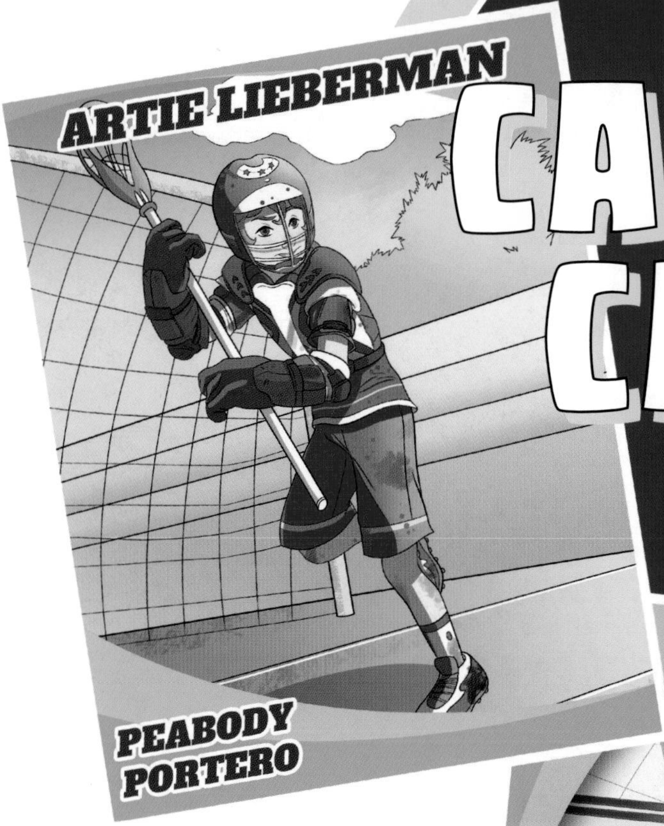
ARTIE LIEBERMAN
PEABODY
PORTERO

ARTIE LIEBERMAN

Artie Lieberman, Portero #35

El enérgico Artie Lieberman es el corazón del joven equipo de lacrosse de Peabody. Su esfuerzo y dedicación es una inspiración para sus compañeros de equipo. Su atleta favorita es el luchador profesional Bill Goldberg.

RÉCORD

PARTIDOS	MIN	DaPC	SALV	%SALV	V/D
8	320	141	75	531	4-4

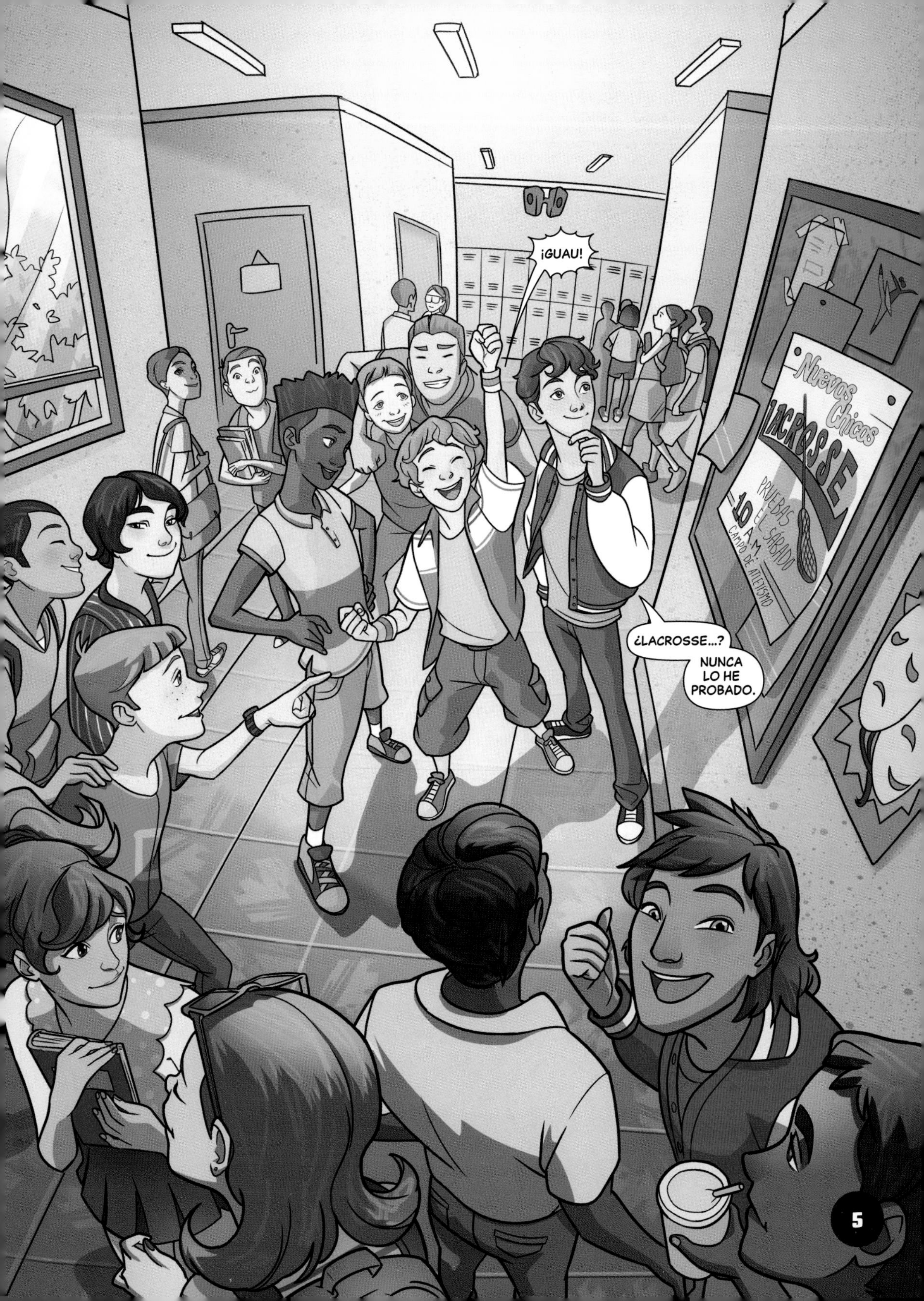
¡GUAU!
Nuevos Chicos
LACROSSE
PRUEBAS EL SÁBADO
10 A.M.
CAMPO DE ATLETISMO
¿LACROSSE...?
NUNCA LO HE PROBADO.

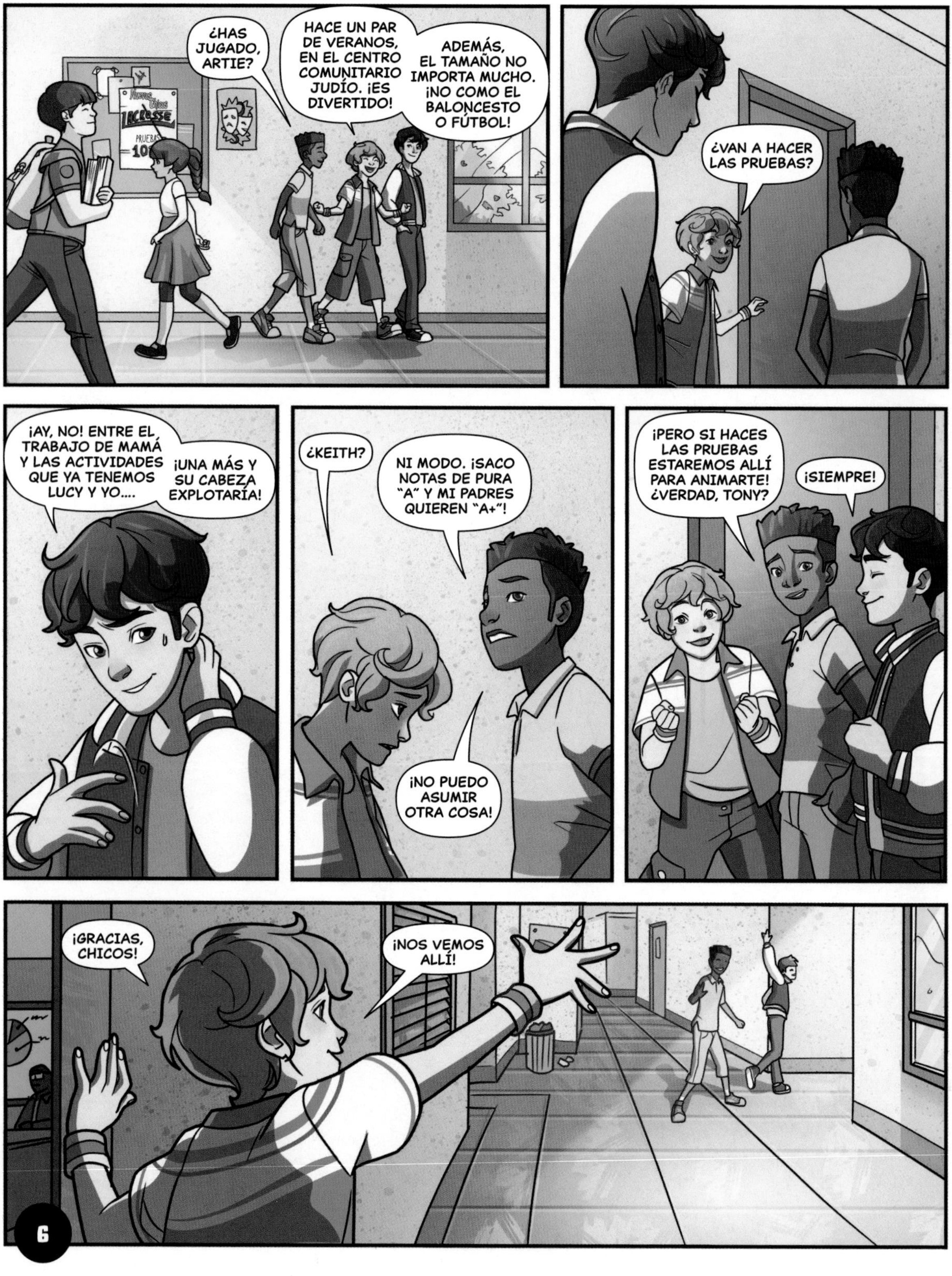
¿HAS JUGADO, ARTIE?
HACE UN PAR DE VERANOS, EN EL CENTRO COMUNITARIO JUDÍO. ¡ES DIVERTIDO!
ADEMÁS, EL TAMAÑO NO IMPORTA MUCHO. ¡NO COMO EL BALONCESTO O FÚTBOL!
¿VAN A HACER LAS PRUEBAS?
¡AY, NO! ENTRE EL TRABAJO DE MAMÁ Y LAS ACTIVIDADES QUE YA TENEMOS LUCY Y YO....
¡UNA MÁS Y SU CABEZA EXPLOTARÍA!
¿KEITH?
NI MODO. ¡SACO NOTAS DE PURA "A" Y MI PADRES QUIEREN "A+"!
¡NO PUEDO ASUMIR OTRA COSA!
¡PERO SI HACES LAS PRUEBAS ESTAREMOS ALLÍ PARA ANIMARTE! ¿VERDAD, TONY?
¡SIEMPRE!
¡GRACIAS, CHICOS!
¡NOS VEMOS ALLÍ!

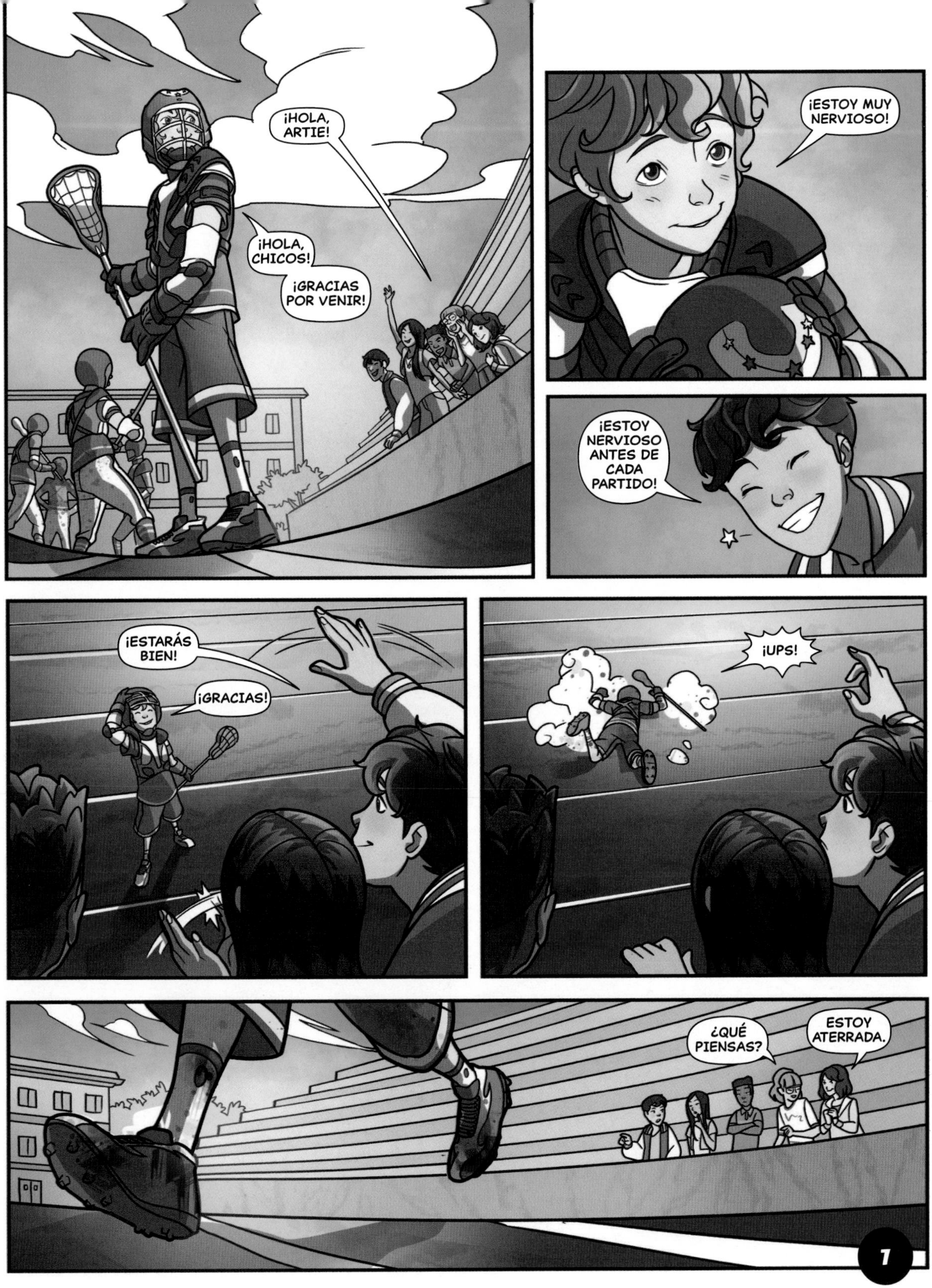
¡HOLA, ARTIE!
¡HOLA, CHICOS!
¡GRACIAS POR VENIR!
¡ESTOY MUY NERVIOSO!
¡ESTOY NERVIOSO ANTES DE CADA PARTIDO!
¡ESTARÁS BIEN!
¡GRACIAS!
¡UPS!
¿QUÉ PIENSAS?
ESTOY ATERRADA.

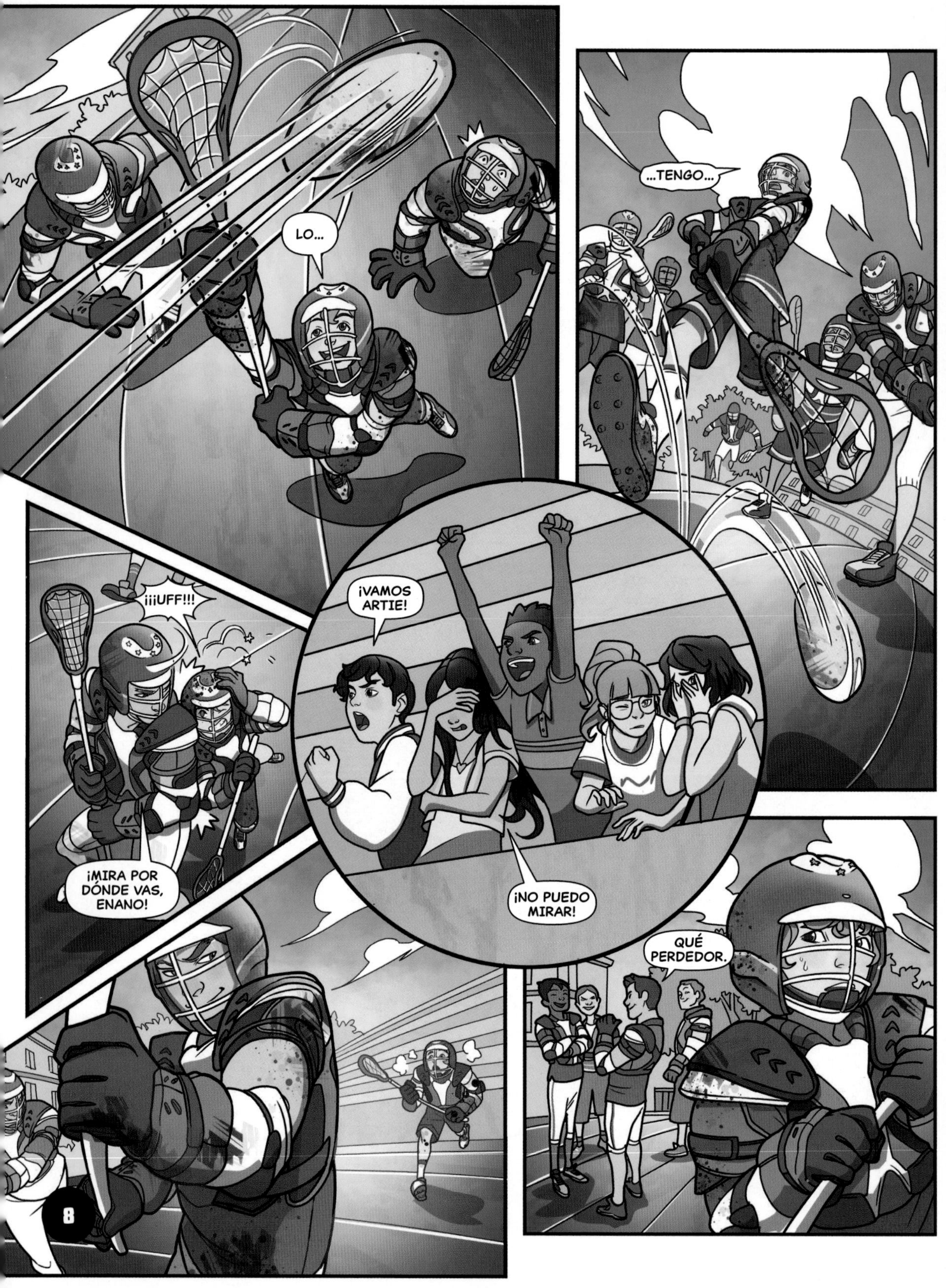
LO...
...TENGO...
¡¡¡UFF!!!
¡MIRA POR DÓNDE VAS, ENANO!
¡VAMOS ARTIE!
¡NO PUEDO MIRAR!
QUÉ PERDEDOR.

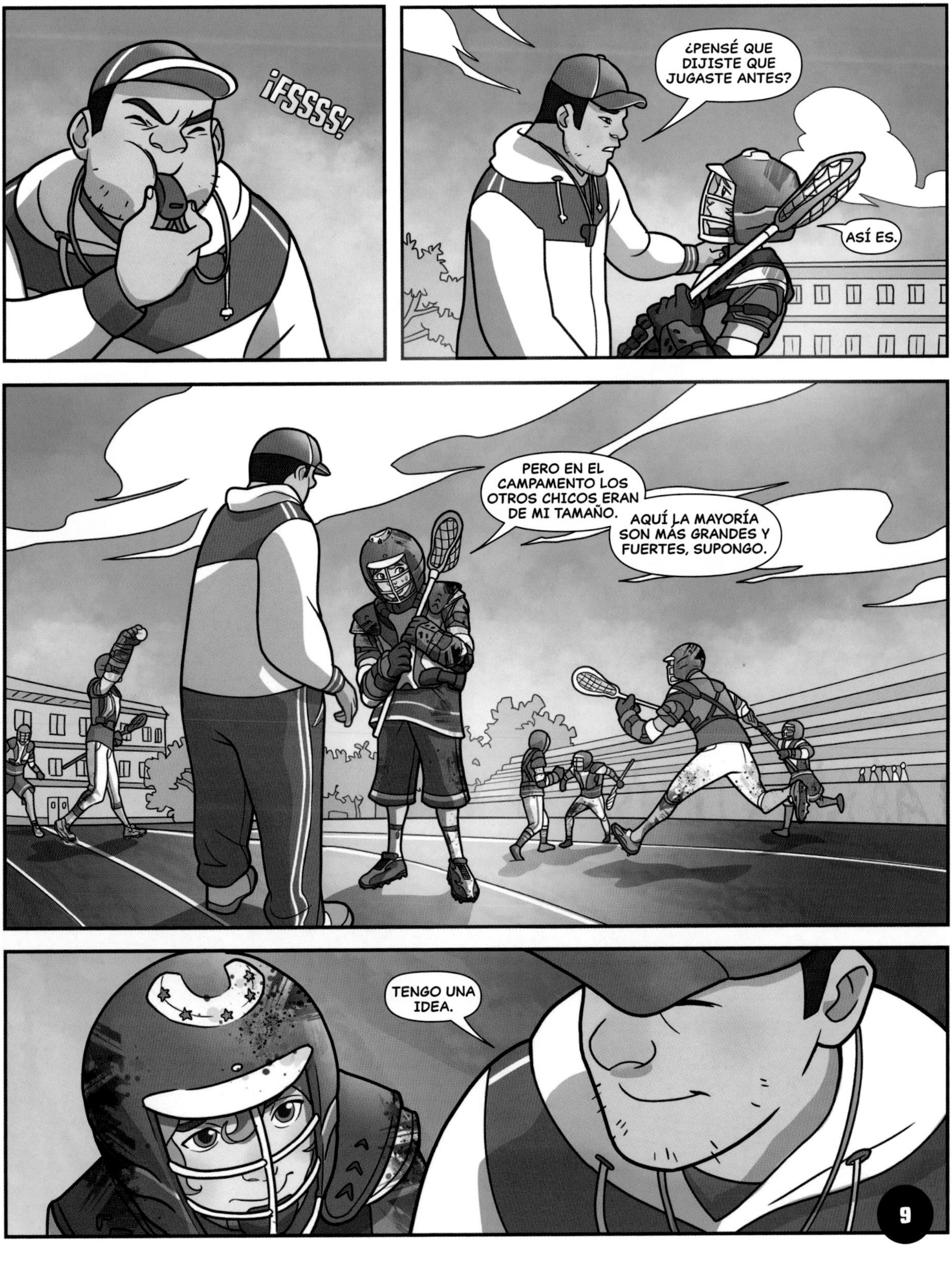
¡FSSSS!
¿PENSÉ QUE DIJISTE QUE JUGASTE ANTES?
ASÍ ES.
PERO EN EL CAMPAMENTO LOS OTROS CHICOS ERAN DE MI TAMAÑO.
AQUÍ LA MAYORÍA SON MÁS GRANDES Y FUERTES, SUPONGO.
TENGO UNA IDEA.

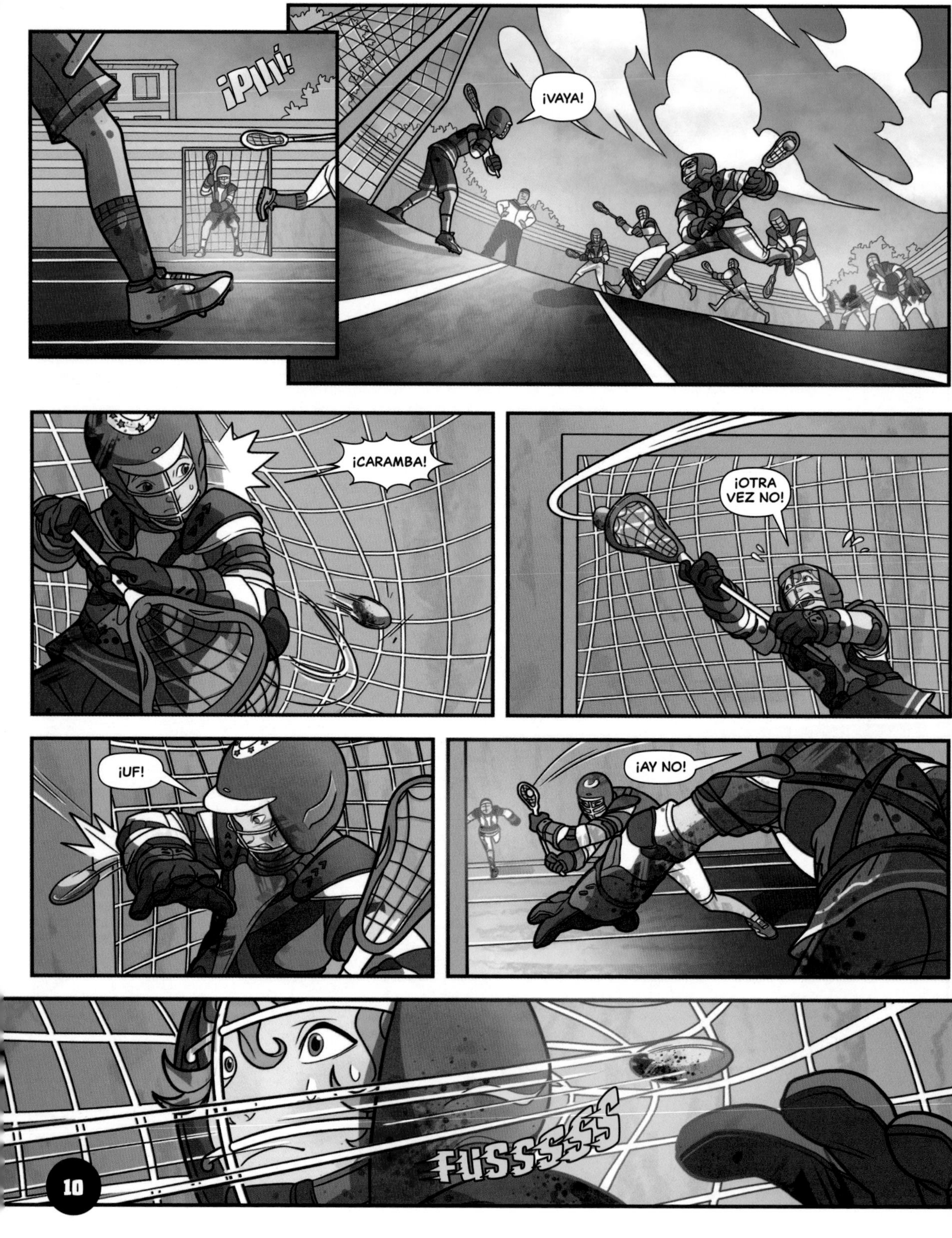
¡PIIII!
¡VAYA!
¡CARAMBA!
¡OTRA VEZ NO!
¡UF!
¡AY NO!
FUSSSSSS

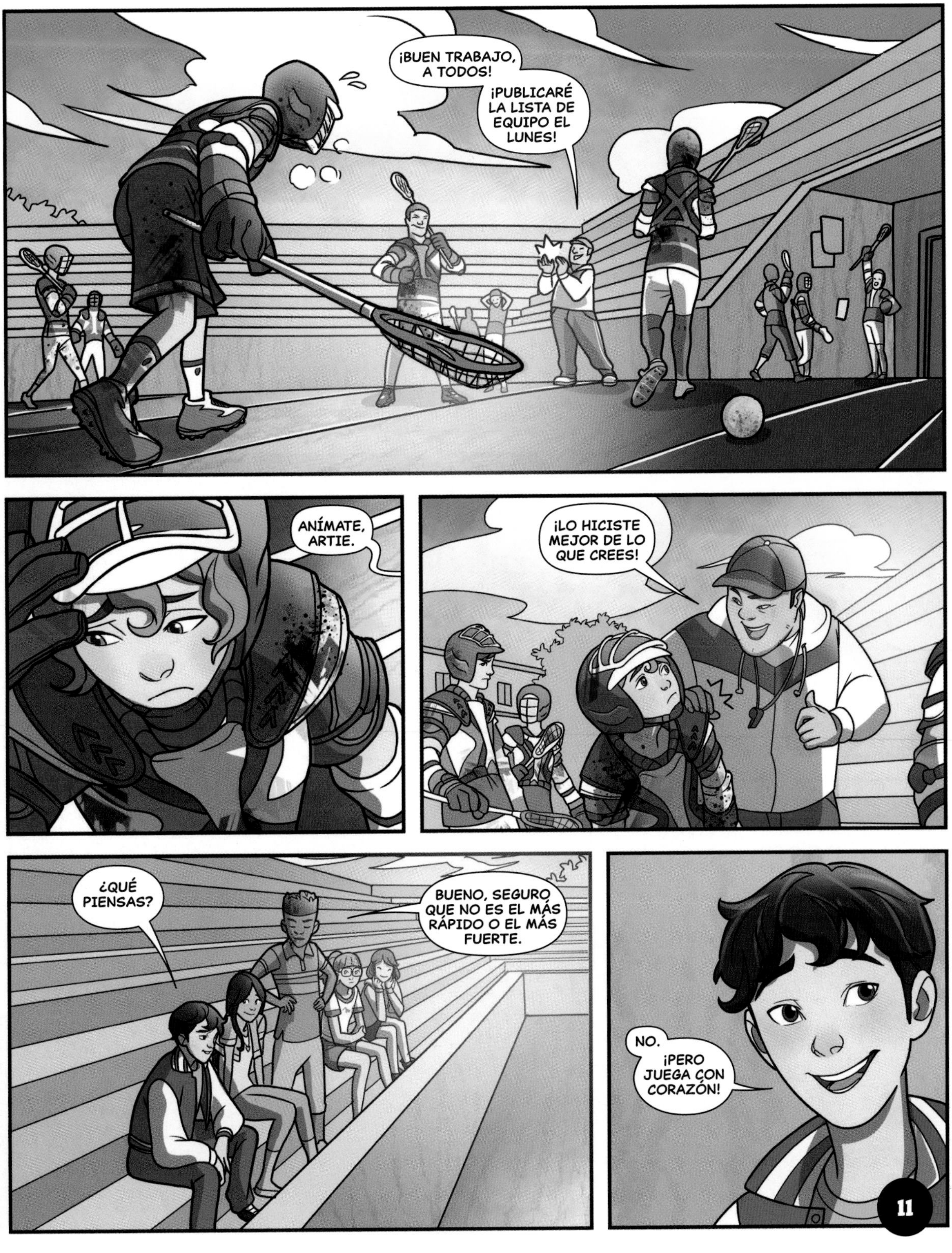

¡BUEN TRABAJO, A TODOS!
¡PUBLICARÉ LA LISTA DE EQUIPO EL LUNES!
ANÍMATE, ARTIE.
¡LO HICISTE MEJOR DE LO QUE CREES!
¿QUÉ PIENSAS?
BUENO, SEGURO QUE NO ES EL MÁS RÁPIDO O EL MÁS FUERTE.
NO.
¡PERO JUEGA CON CORAZÓN!

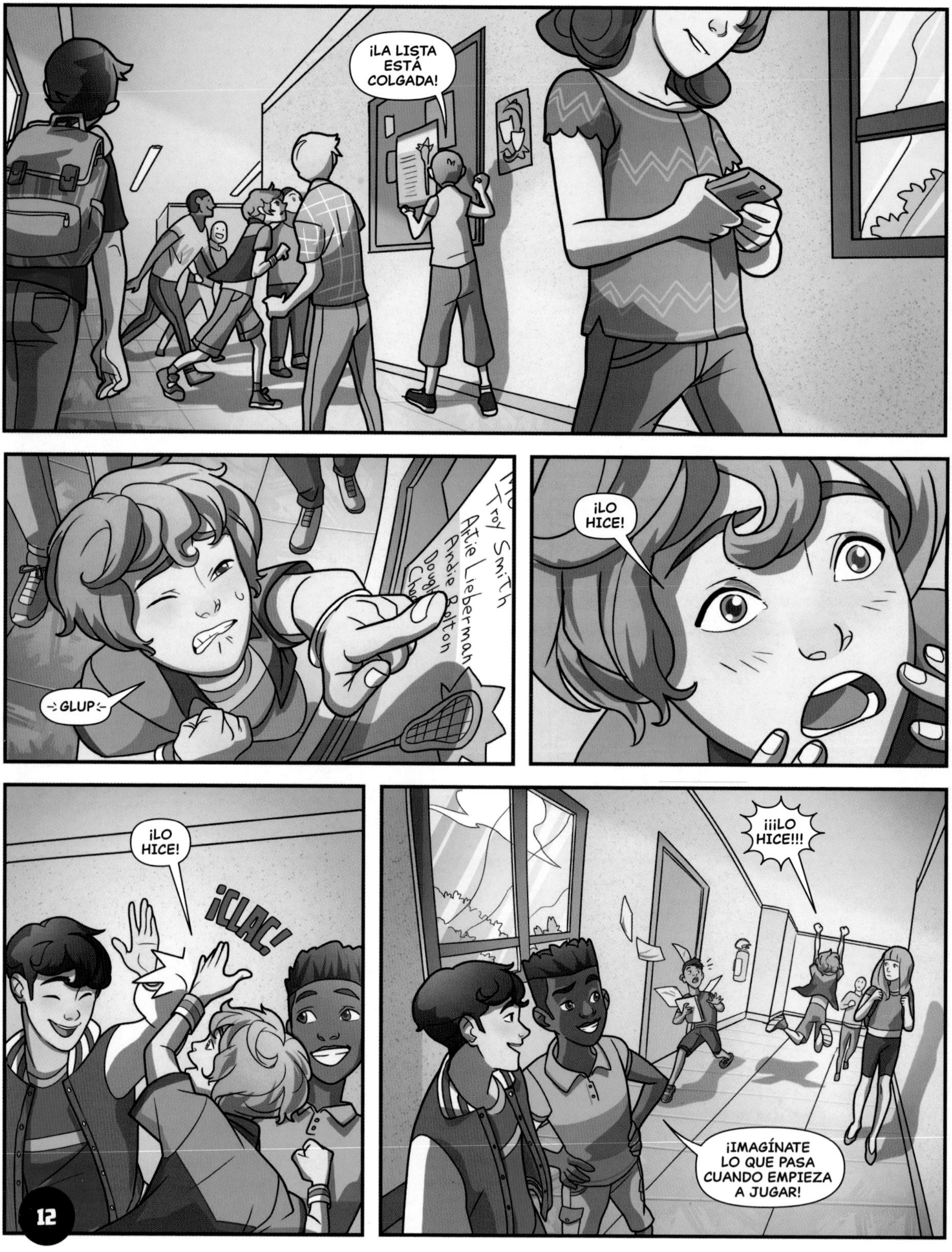
¡LA LISTA ESTÁ COLGADA!
Troy Smith
Artie Lieberman
GLUP
¡LO HICE!
¡LO HICE!
¡CLAC!
¡¡¡LO HICE!!!
¡IMAGÍNATE LO QUE PASA CUANDO EMPIEZA A JUGAR!

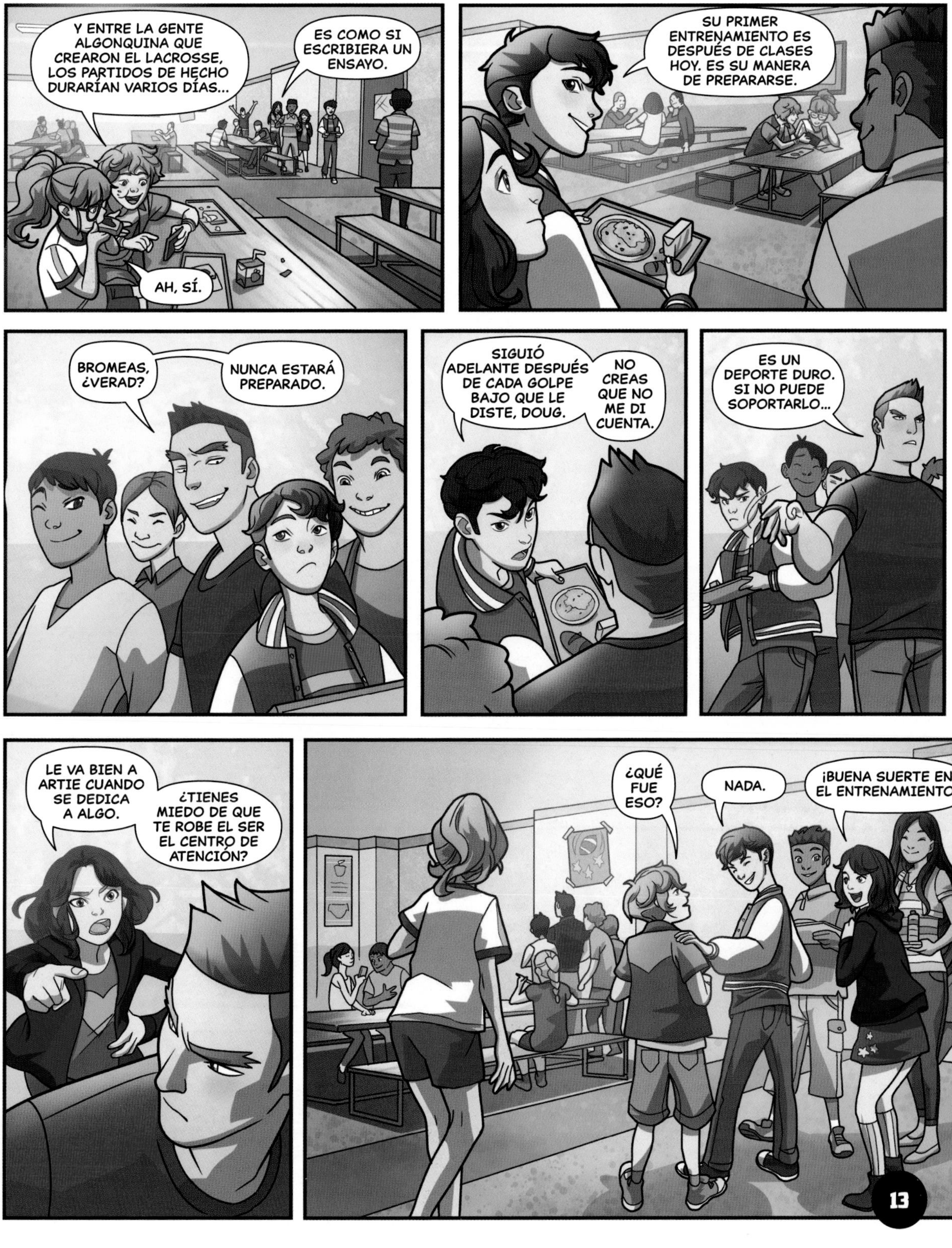
Y ENTRE LA GENTE ALGONQUINA QUE CREARON EL LACROSSE, LOS PARTIDOS DE HECHO DURARÍAN VARIOS DÍAS...
ES COMO SI ESCRIBIERA UN ENSAYO.
AH, SÍ.
SU PRIMER ENTRENAMIENTO ES DESPUÉS DE CLASES HOY. ES SU MANERA DE PREPARARSE.
BROMEAS, ¿VERAD?
NUNCA ESTARÁ PREPARADO.
SIGUIÓ ADELANTE DESPUÉS DE CADA GOLPE BAJO QUE LE DISTE, DOUG.
NO CREAS QUE NO ME DI CUENTA.
ES UN DEPORTE DURO. SI NO PUEDE SOPORTARLO...
LE VA BIEN A ARTIE CUANDO SE DEDICA A ALGO.
¿TIENES MIEDO DE QUE TE ROBE EL SER EL CENTRO DE ATENCIÓN?
¿QUÉ FUE ESO?
NADA.
¡BUENA SUERTE EN EL ENTRENAMIENTO!

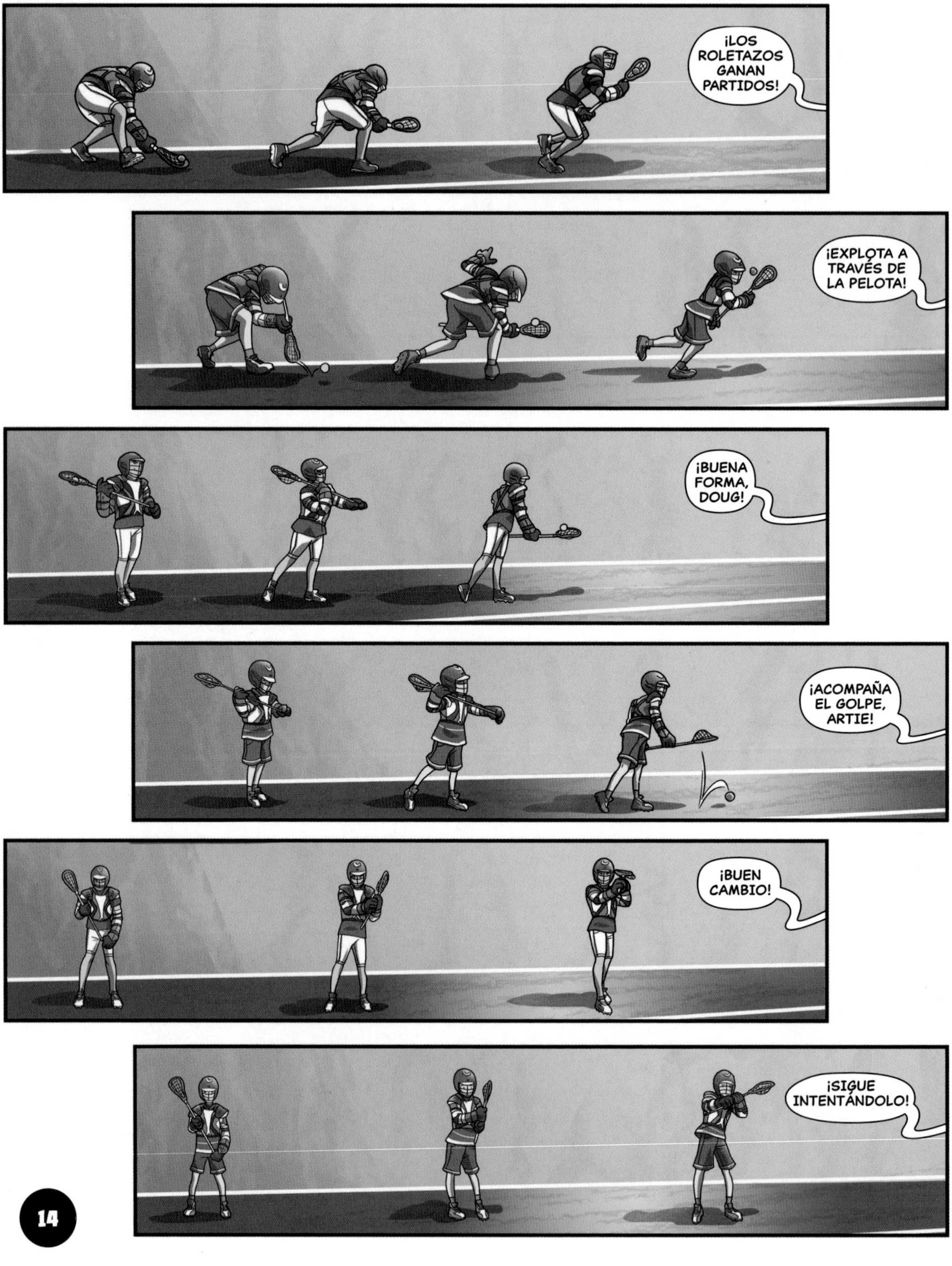
¡LOS ROLETAZOS GANAN PARTIDOS!
¡EXPLOTA A TRAVÉS DE LA PELOTA!
¡BUENA FORMA, DOUG!
¡ACOMPAÑA EL GOLPE, ARTIE!
¡BUEN CAMBIO!
¡SIGUE INTENTÁNDOLO!

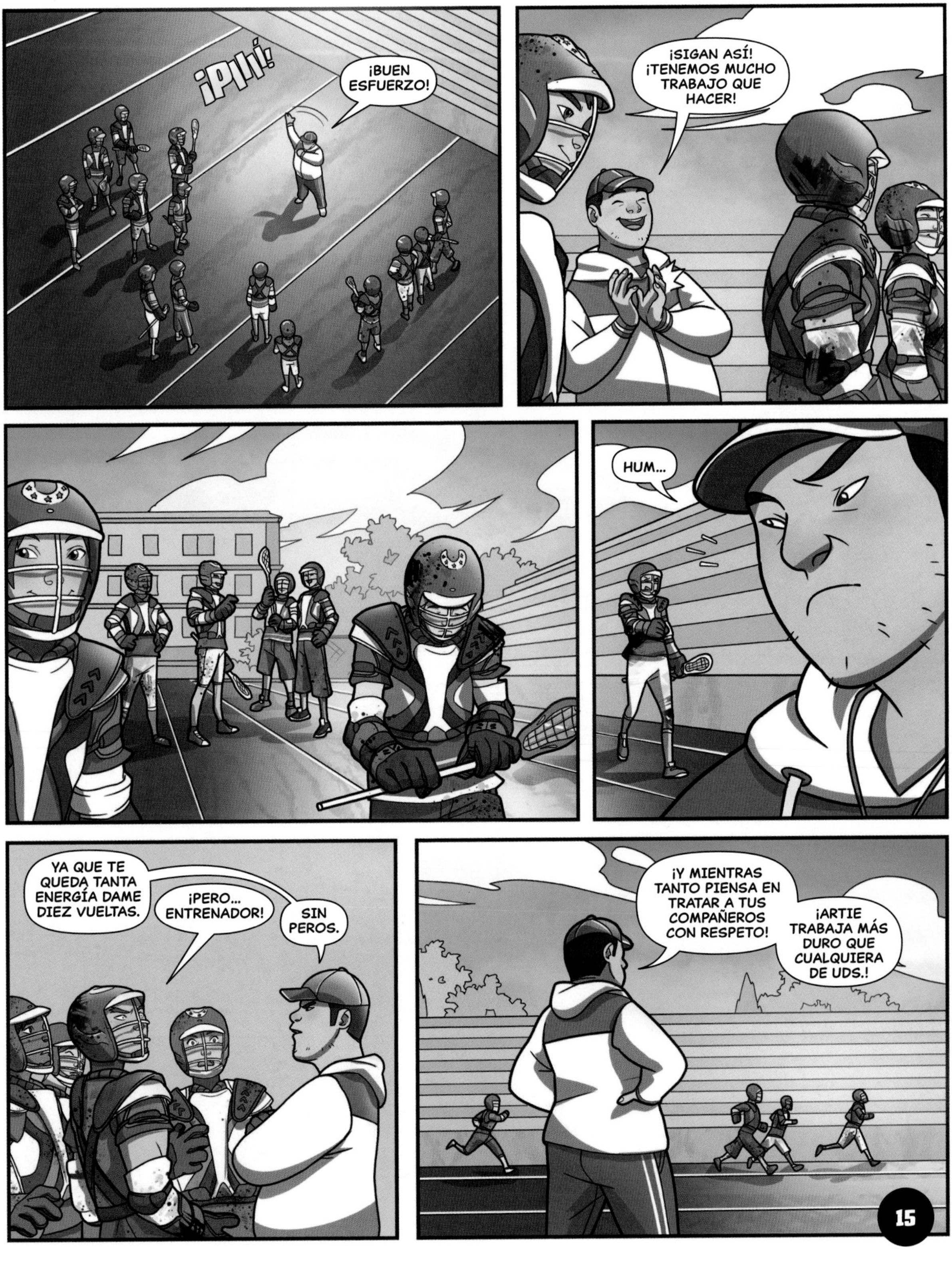
¡PI¡Í!
¡BUEN ESFUERZO!
¡SIGAN ASÍ! ¡TENEMOS MUCHO TRABAJO QUE HACER!
HUM...
YA QUE TE QUEDA TANTA ENERGÍA DAME DIEZ VUELTAS.
¡PERO... ENTRENADOR!
SIN PEROS.
¡Y MIENTRAS TANTO PIENSA EN TRATAR A TUS COMPAÑEROS CON RESPETO!
¡ARTIE TRABAJA MÁS DURO QUE CUALQUIERA DE UDS.!

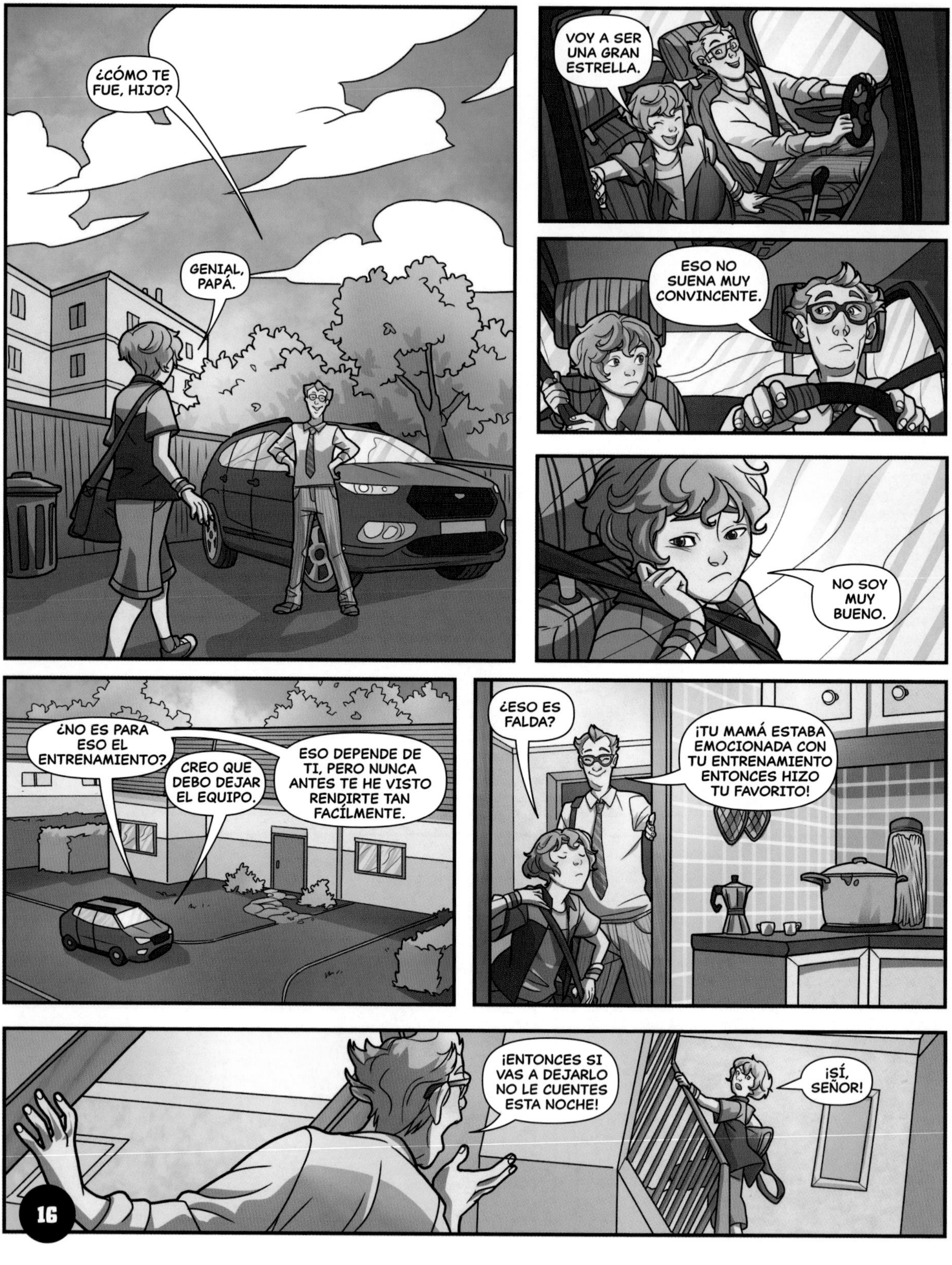
¿CÓMO TE FUE, HIJO?
GENIAL, PAPÁ.
VOY A SER UNA GRAN ESTRELLA.
ESO NO SUENA MUY CONVINCENTE.
NO SOY MUY BUENO.
¿NO ES PARA ESO EL ENTRENAMIENTO?
CREO QUE DEBO DEJAR EL EQUIPO.
ESO DEPENDE DE TI, PERO NUNCA ANTES TE HE VISTO RENDIRTE TAN FACÍLMENTE.
¿ESO ES FALDA?
¡TU MAMÁ ESTABA EMOCIONADA CON TU ENTRENAMIENTO ENTONCES HIZO TU FAVORITO!
¡ENTONCES SI VAS A DEJARLO NO LE CUENTES ESTA NOCHE!
¡SÍ, SEÑOR!

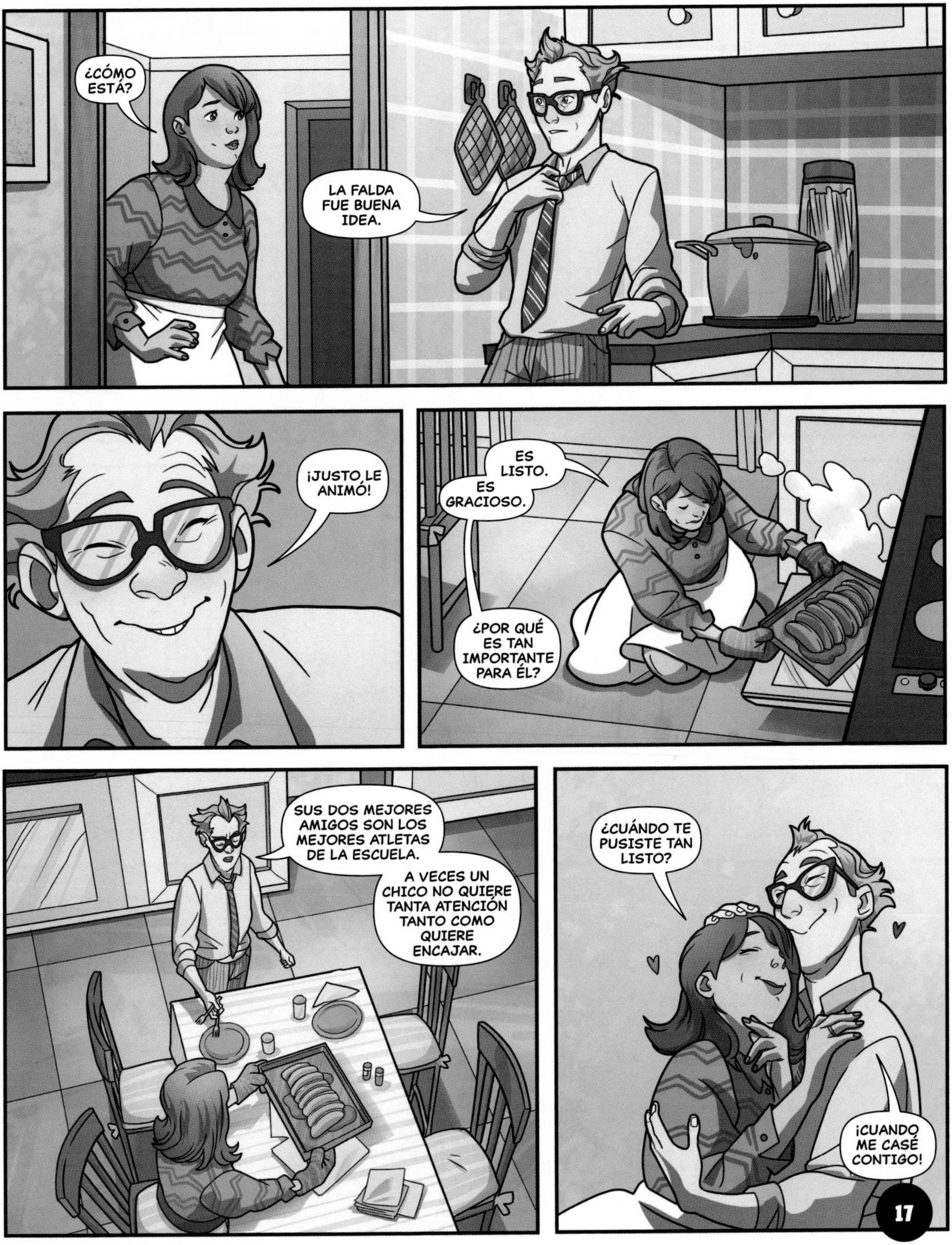
¿CÓMO ESTÁ?
LA FALDA FUE BUENA IDEA.
¡JUSTO LE ANIMÓ!
ES LISTO.
ES GRACIOSO.
¿POR QUÉ ES TAN IMPORTANTE PARA ÉL?
SUS DOS MEJORES AMIGOS SON LOS MEJORES ATLETAS DE LA ESCUELA.
A VECES UN CHICO NO QUIERE TANTA ATENCIÓN TANTO COMO QUIERE ENCAJAR.
¿CUÁNDO TE PUSISTE TAN LISTO?
¡CUANDO ME CASÉ CONTIGO!

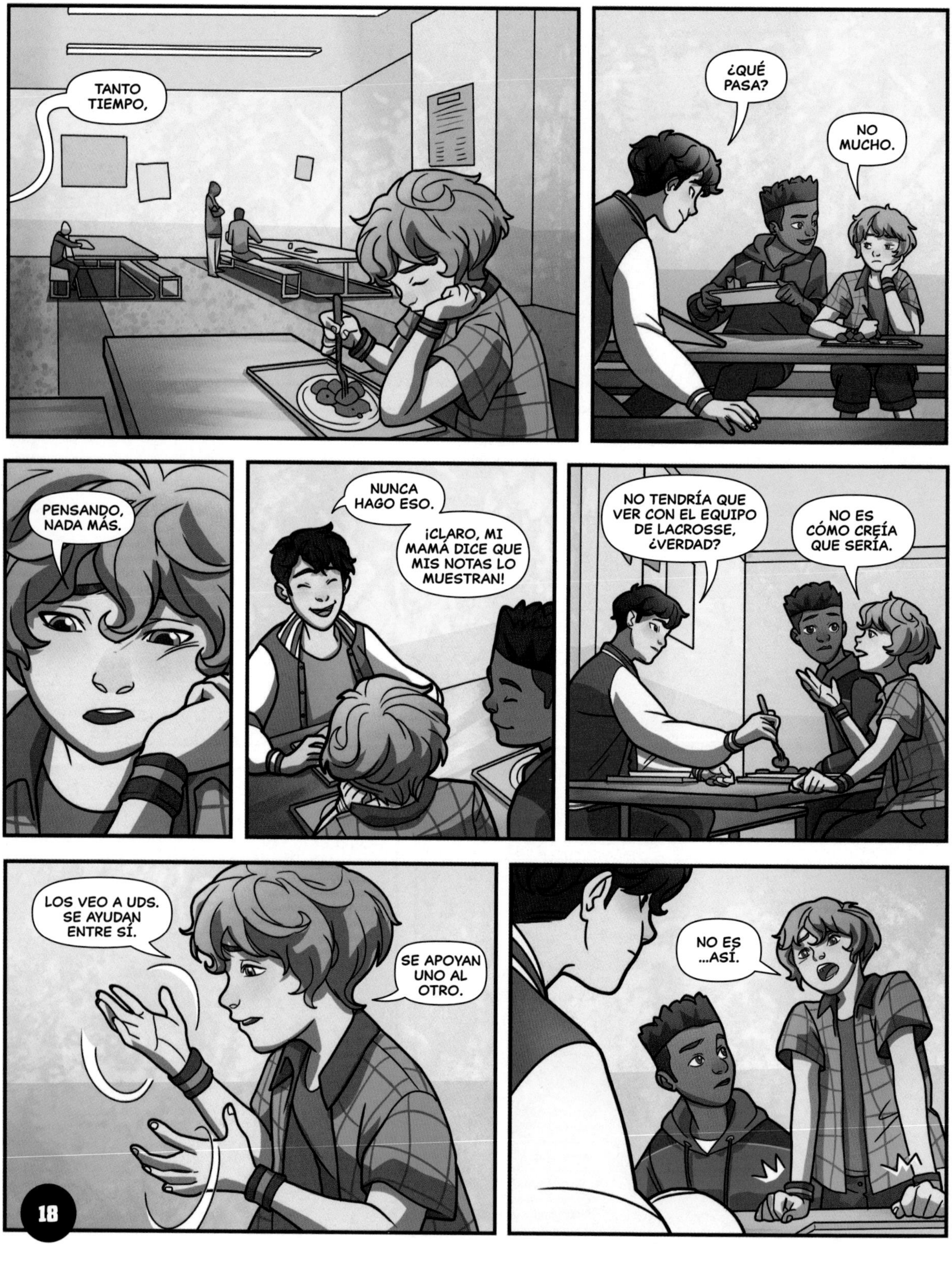
TANTO TIEMPO,
¿QUÉ PASA?
NO MUCHO.
PENSANDO, NADA MÁS.
NUNCA HAGO ESO.
¡CLARO, MI MAMÁ DICE QUE MIS NOTAS LO MUESTRAN!
NO TENDRÍA QUE VER CON EL EQUIPO DE LACROSSE, ¿VERDAD?
NO ES CÓMO CREÍA QUE SERÍA.
LOS VEO A UDS. SE AYUDAN ENTRE SÍ.
SE APOYAN UNO AL OTRO.
NO ES ...ASÍ.

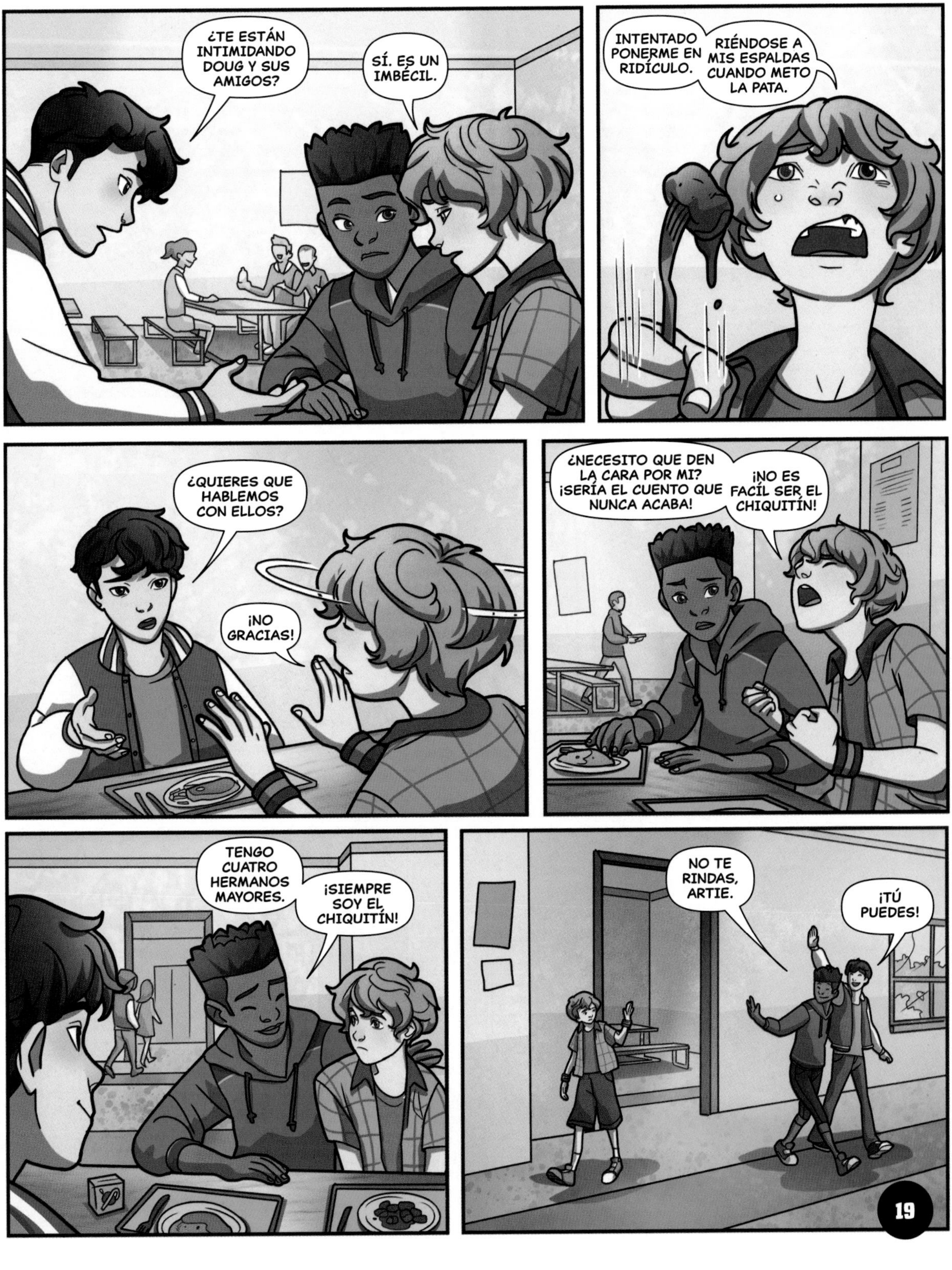

¿TE ESTÁN INTIMIDANDO DOUG Y SUS AMIGOS?
SÍ. ES UN IMBÉCIL.
INTENTADO PONERME EN RIDÍCULO.
RIÉNDOSE A MIS ESPALDAS CUANDO METO LA PATA.
¿QUIERES QUE HABLEMOS CON ELLOS?
¡NO GRACIAS!
¿NECESITO QUE DEN LA CARA POR MI? ¡SERÍA EL CUENTO QUE NUNCA ACABA!
¡NO ES FACÍL SER EL CHIQUITÍN!
TENGO CUATRO HERMANOS MAYORES.
¡SIEMPRE SOY EL CHIQUITÍN!
NO TE RINDAS, ARTIE.
¡TÚ PUEDES!

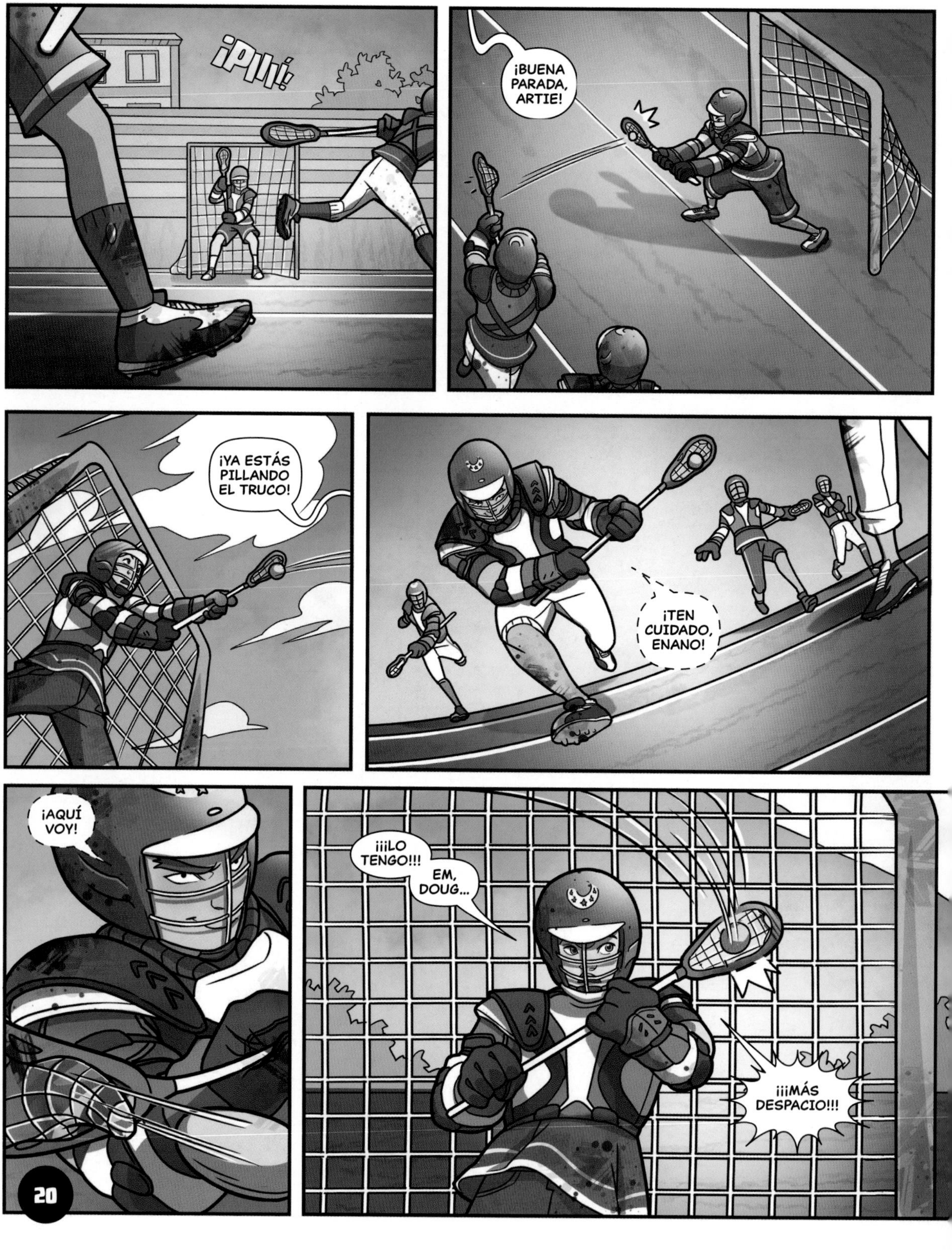
¡PIII!
¡BUENA PARADA, ARTIE!
¡YA ESTÁS PILLANDO EL TRUCO!
¡TEN CUIDADO, ENANO!
¡AQUÍ VOY!
¡¡¡LO TENGO!!!
EM, DOUG...
¡¡¡MÁS DESPACIO!!!

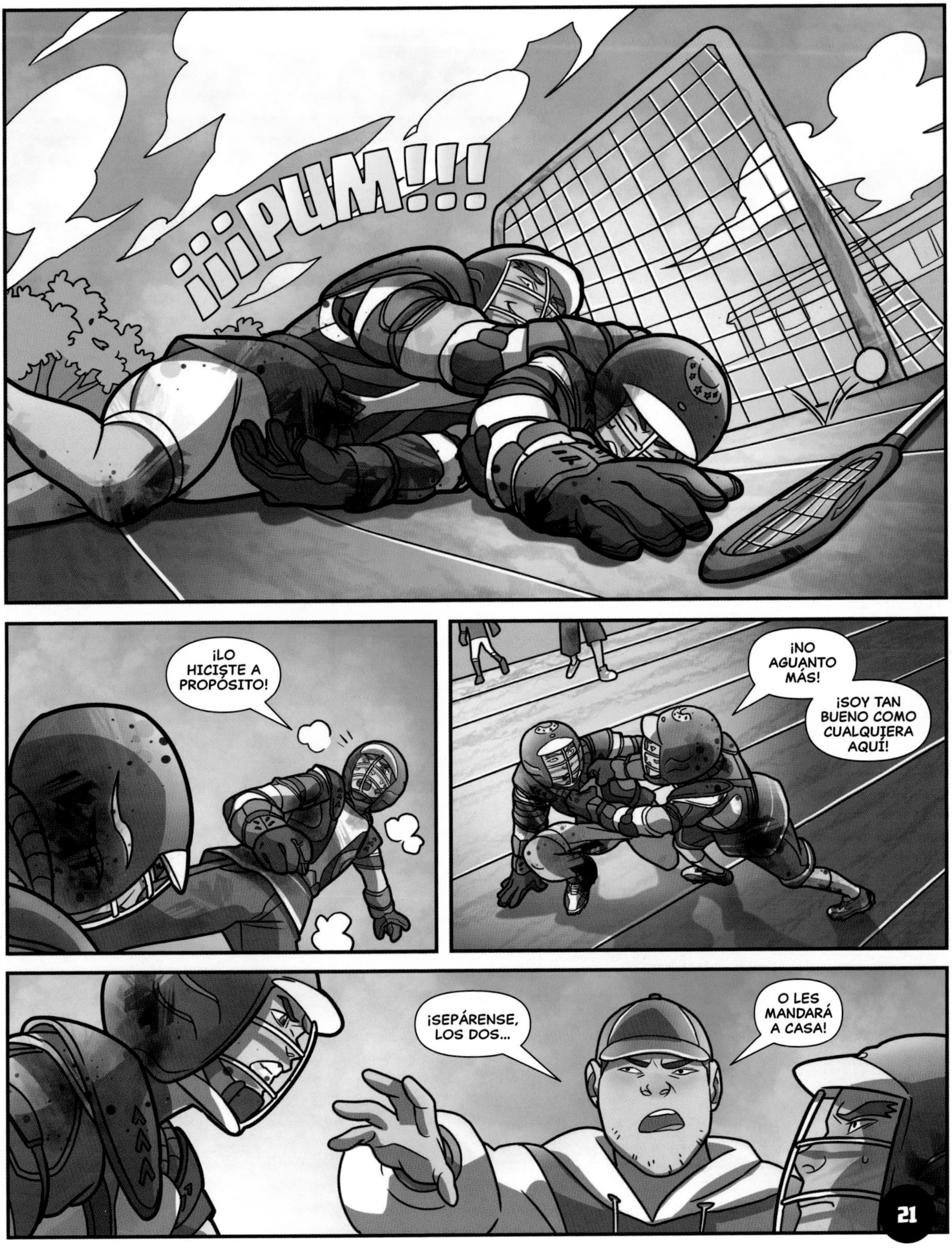
¡¡¡PUM!!!
¡LO HICISTE A PROPÓSITO!
¡NO AGUANTO MÁS!
¡SOY TAN BUENO COMO CUALQUIERA AQUÍ!
¡SEPÁRENSE, LOS DOS...
O LES MANDARÁ A CASA!

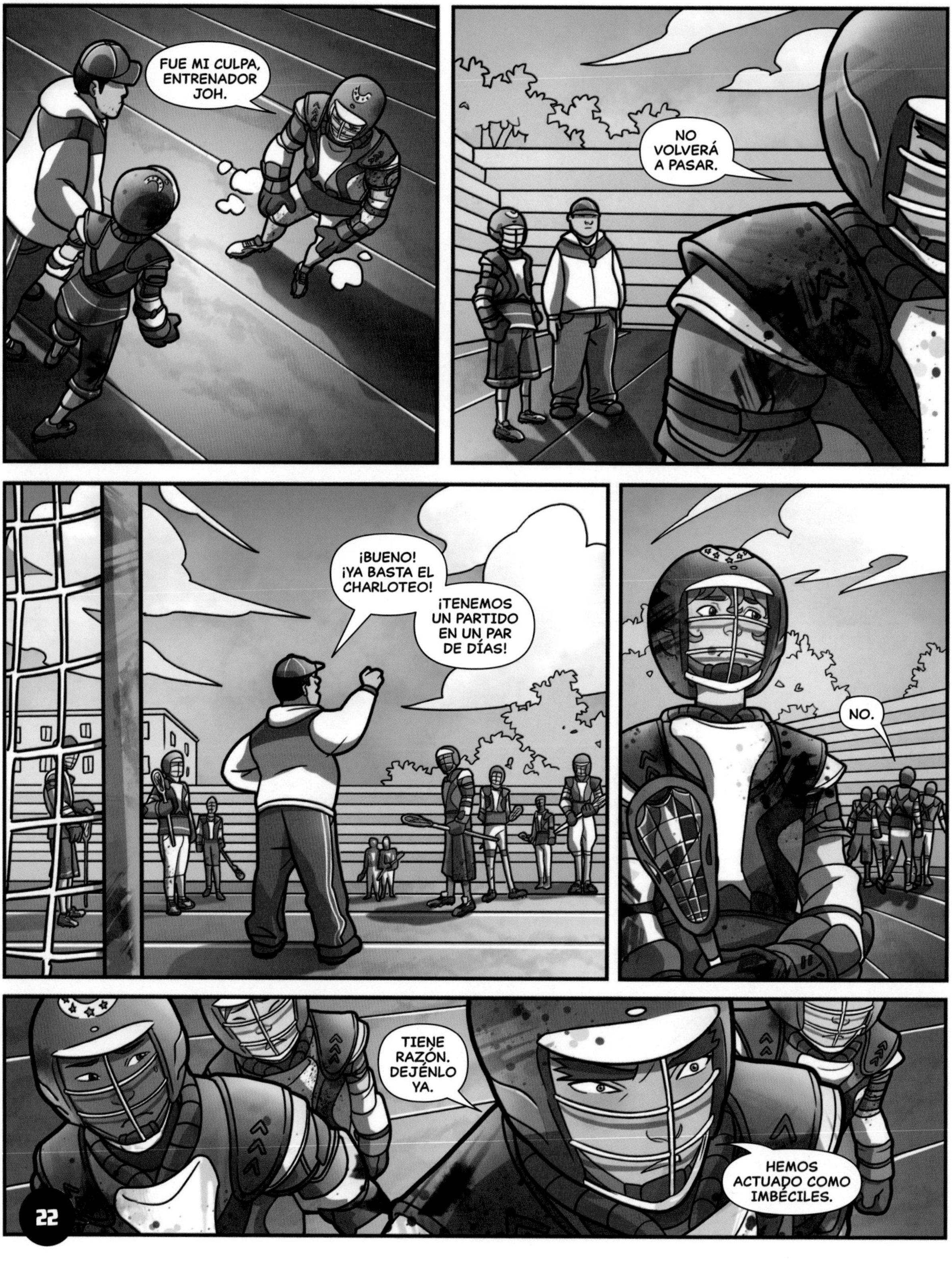
FUE MI CULPA, ENTRENADOR JOH.
NO VOLVERÁ A PASAR.
¡BUENO! ¡YA BASTA EL CHARLOTEO!
¡TENEMOS UN PARTIDO EN UN PAR DE DÍAS!
NO.
TIENE RAZÓN. DEJÉNLO YA.
HEMOS ACTUADO COMO IMBÉCILES.

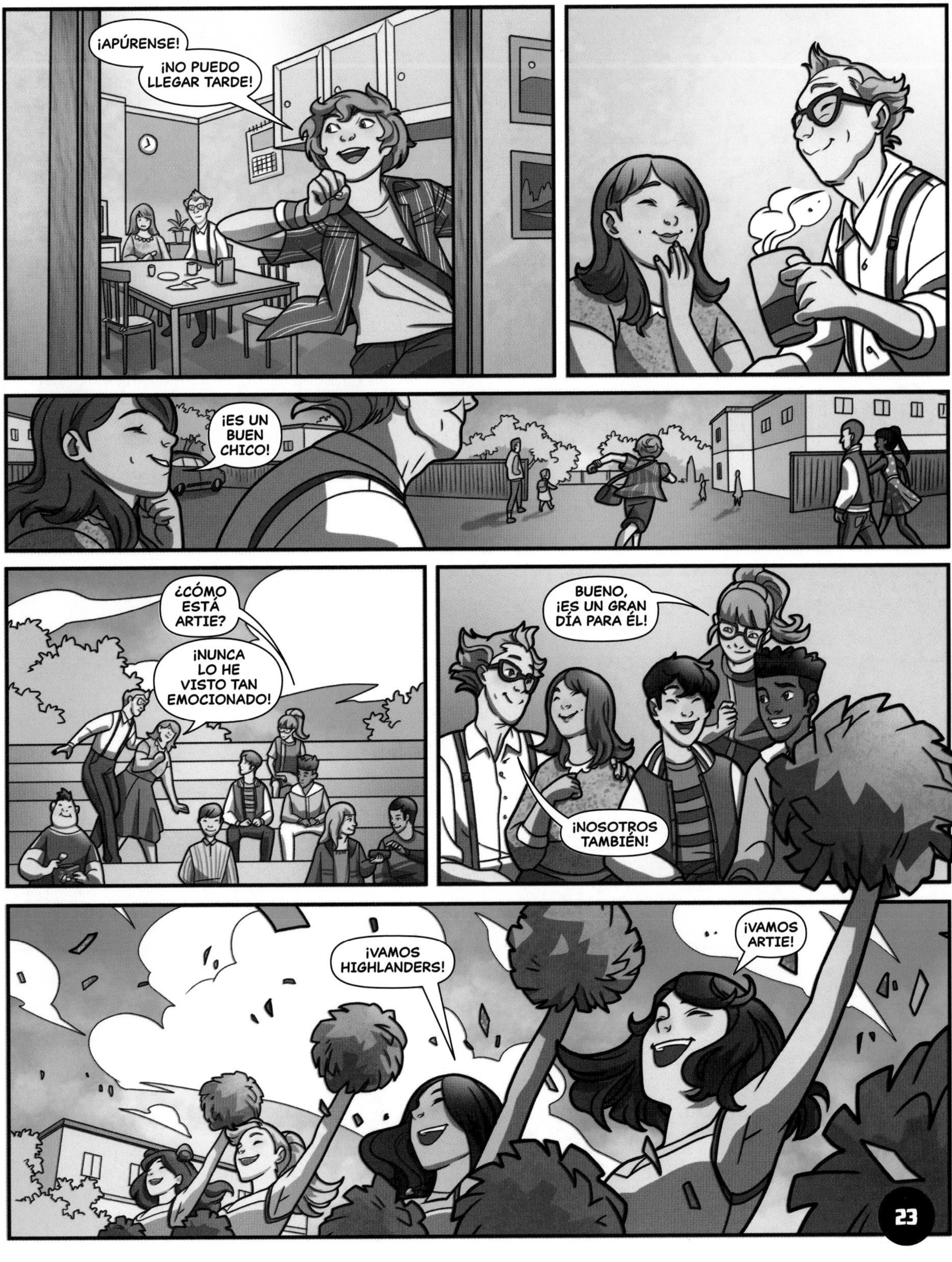
¡APÚRENSE!
¡NO PUEDO LLEGAR TARDE!
¡ES UN BUEN CHICO!
¿CÓMO ESTÁ ARTIE?
¡NUNCA LO HE VISTO TAN EMOCIONADO!
BUENO, ¡ES UN GRAN DÍA PARA ÉL!
¡NOSOTROS TAMBIÉN!
¡VAMOS HIGHLANDERS!
¡VAMOS ARTIE!

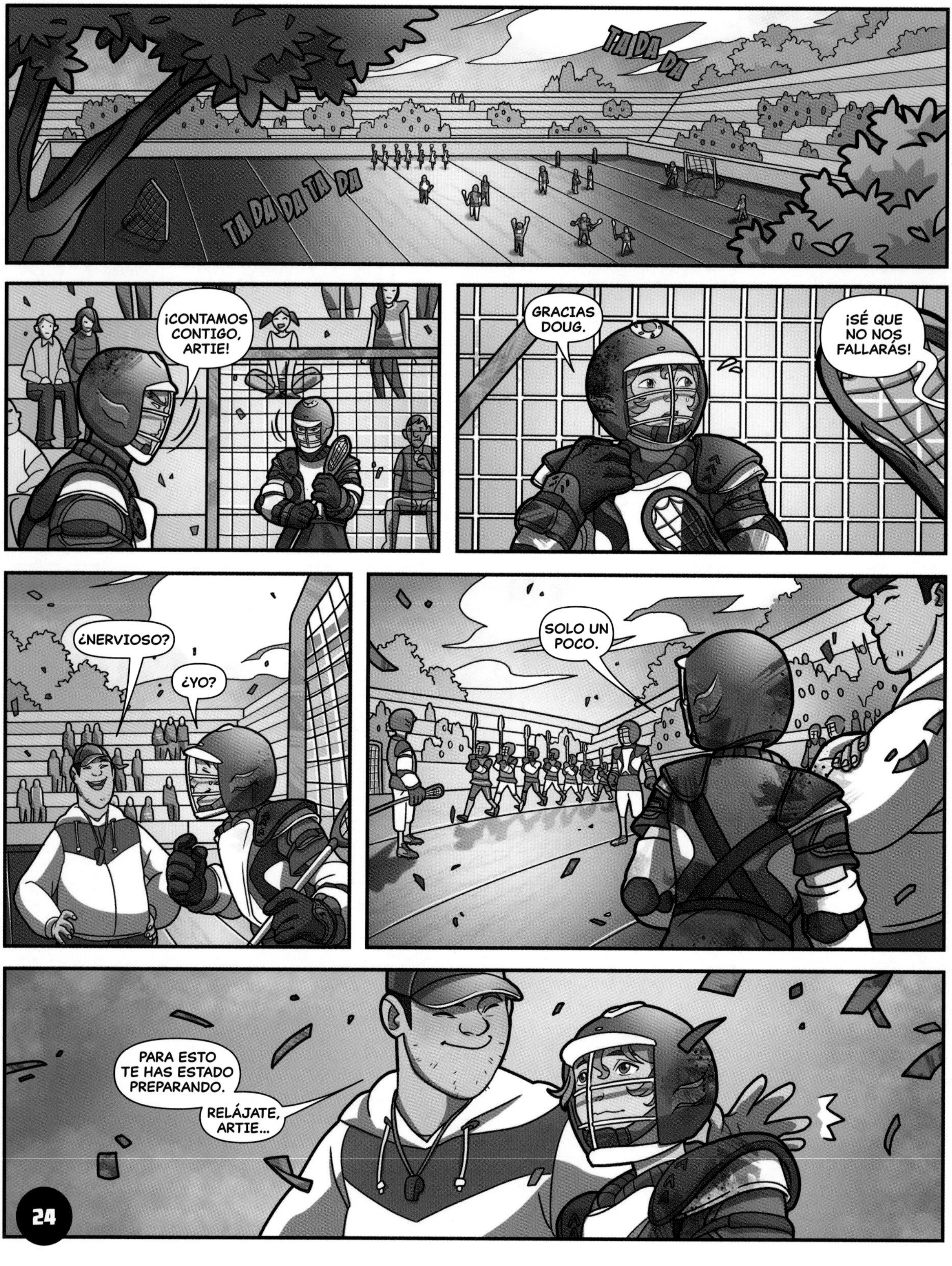

TA DA DA
TA DA DA TA DA
¡CONTAMOS CONTIGO, ARTIE!
GRACIAS DOUG.
¡SÉ QUE NO NOS FALLARÁS!
¿NERVIOSO?
¿YO?
SOLO UN POCO.
PARA ESTO TE HAS ESTADO PREPARANDO.
RELÁJATE, ARTIE...

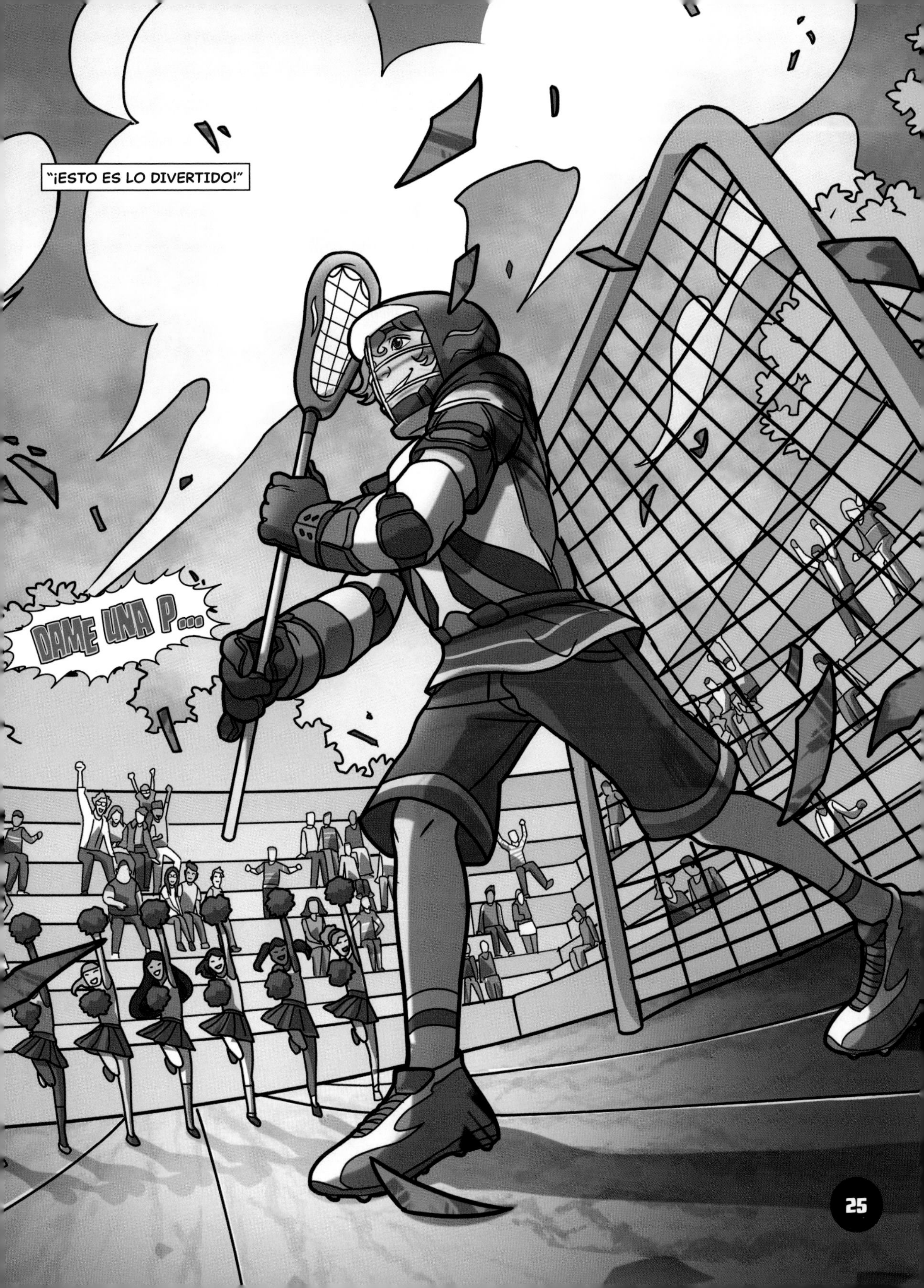
"¡ESTO ES LO DIVERTIDO!"
DAME UNA P...

ARTIE &

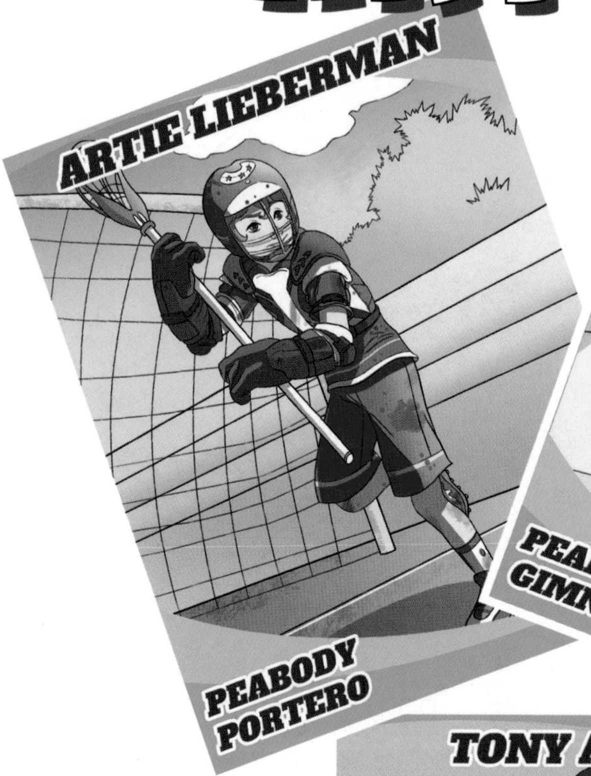

ARTIE LIEBERMAN
PEABODY
PORTERO

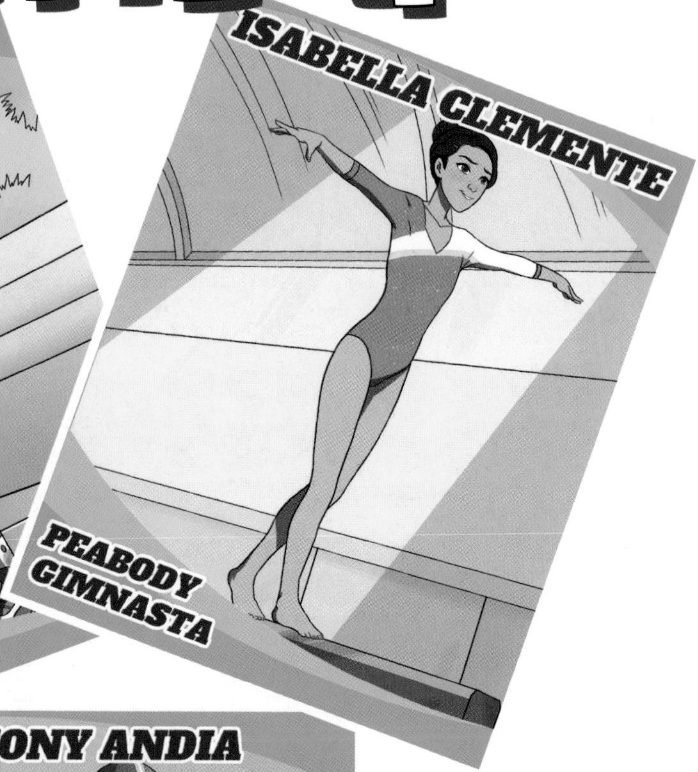

ISABELLA CLEMENTE
PEABODY
GIMNASTA

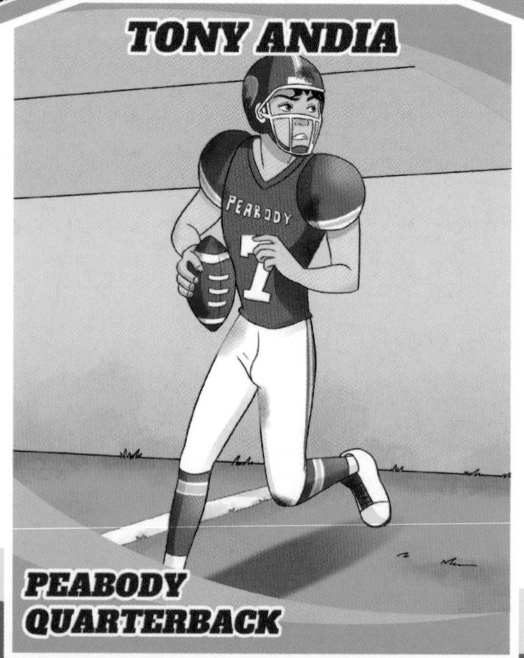

TONY ANDIA
PEABODY
1
PEABODY
QUARTERBACK

AMIGOS

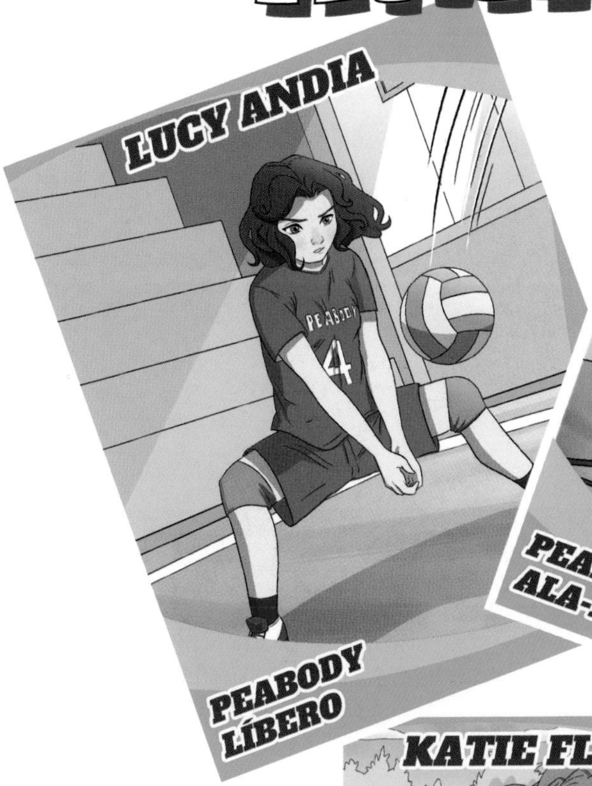
LUCY ANDIA
PEABODY
4
PEABODY
LÍBERO

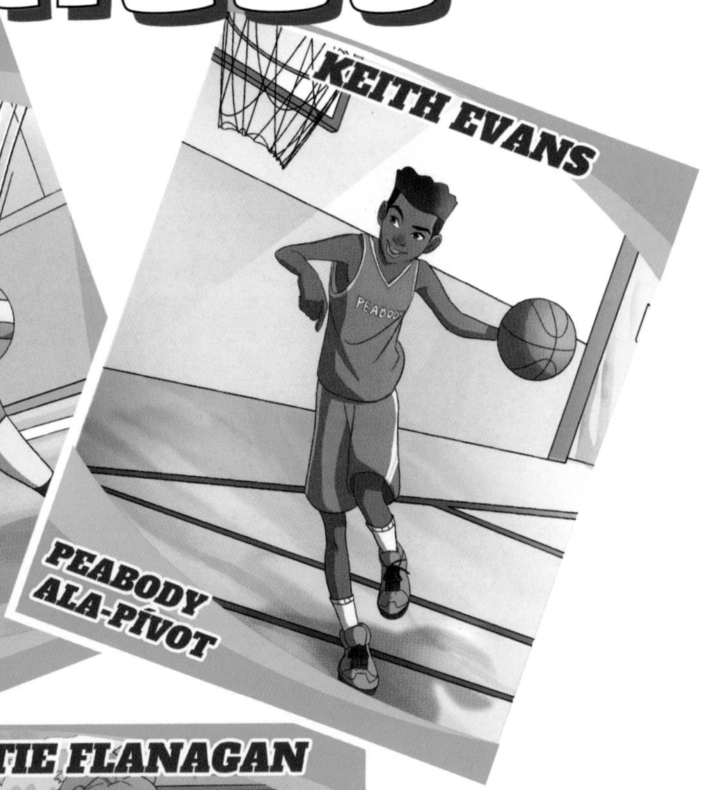
KEITH EVANS
PEABODY
PEABODY
ALA-PÍVOT

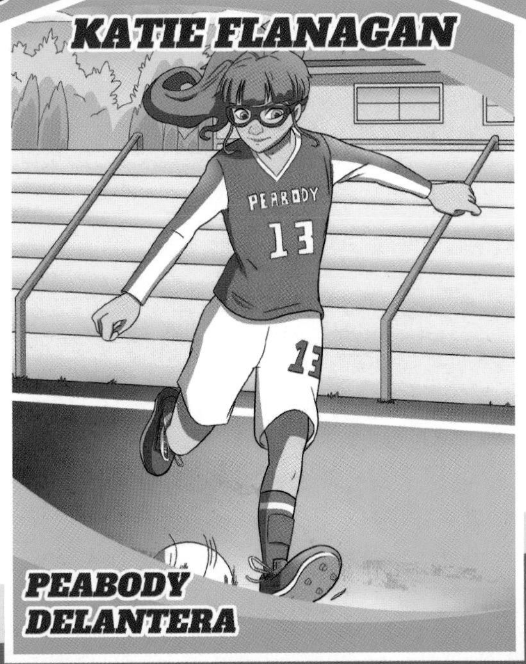
KATIE FLANAGAN
PEABODY
13
13
PEABODY
DELANTERA

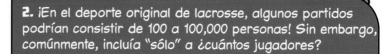
1. ¿Para cuál país es el lacrosse el deporte nacional de verano?

a. Inglaterra
b. Estados Unidos
c. Canadá
d. Australia

2. ¡En el deporte original de lacrosse, algunos partidos podrían consistir de 100 a 100,000 personas! Sin embargo, comúnmente, incluía "sólo" a ¿cuántos jugadores?

a. 20
b. 200
c. 2000
d. 20,000

3. En el lacrosse sobre césped, hay 10 jugadores en el campo para los partidos de los hombres. ¿Cuántas jugadoras hay en el campo para los partidos de las mujeres?

a. 8
b. 10
c. 12
d. 15

4. El lacrosse caja fue desarrollado por los propietarios de las pistas de hockey para que se pudiera jugar el lacrosse bajo techo durante el invierno. ¿En cuál década comenzó?

a. la década de 1930
b. la década de 1950
c. la década de 1980
d. la década de 2000

5. En el lacrosse profesional norteamericano bajo techo, los Philadelphia Wings y Toronto Rock han empatado el récord de más campeonatos. ¿Cuántos títulos ha ganado cada equipo?

a. 3
b. 4
c. 5
d. 6

LACROSSE

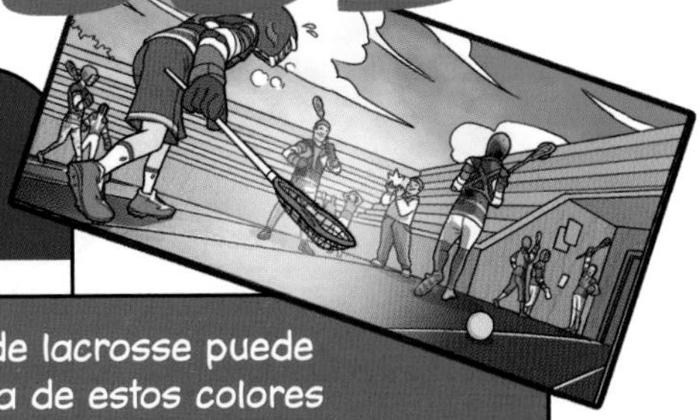

6. La pelota de lacrosse originalmente estaba hecha de madera, y después de piel de ciervo. ¿De qué está hecha hoy en día?

a. piedra
b. hilo
c. goma
d. plástico

7. La pelota de lacrosse puede ser cualquiera de estos colores para alta visibilidad, sino:

a. amarillo
b. verde
c. naranja
d. blanco

8. Por lo general, los palos de lacrosse están hechos de cualquiera de estos materiales sino:

a. cuero
b. aluminio
c. plástico
d. madera

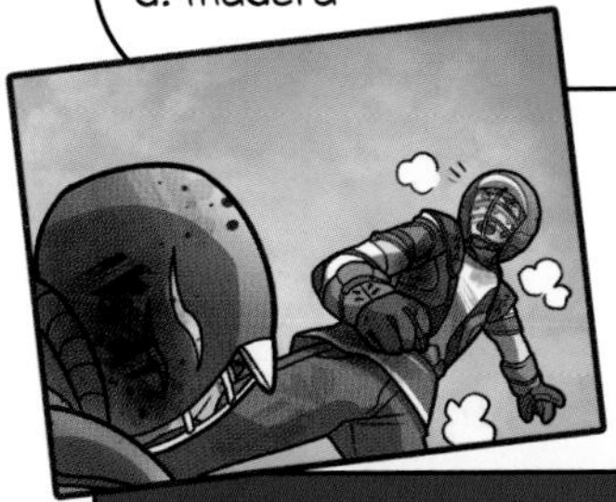

9. El Campeonato Mundial de Lacrosse empezó en 1967 con 4 equipos. ¿Cuántos jugaron en el torneo de 2014?

a. 16
b. 21
c. 29
d. 38

10. ¿Cuántas veces ha ganado el equipo masculino de los Estados Unidos el Campeonato Mundial de Lacrosse desde 1967?

a. 2
b. 5
c. 9
d. 12

* Respuestas en la página 32

¿Y TÚ QUÉ PIENSAS?

La intimidación es cuando intimidas, acosas, atacas, o aíslas a alguien físicamente o emocionalmente. De ninguna manera está bien, y defenderse es el primer paso. Si necesitas ayuda, habla con amigos, padres, o profesores. No seas un espectador. Muestra apoyo a alguien que es victima de la intimidación.

- ¿Por qué consideró Artie dejar un deporte que disfrutaba? ¿Alguna vez te has desanimado o has querido dejar algo? ¿Qué hiciste?

- El padre de Artie no tomó una posición sobre si Artie debe dejar el equipo o no. ¿Por qué piensas que hizo eso?

- ¿Crees que Doug y sus amigos habrían dejado de intimidar a Artie si Keith y Tony hubieran hablado con ellos? ¿Por qué sí o por qué no?

- ¿Por qué crees que Entrenador Joh amenazó con expulsar ambos jugadores del equipo, aunque es probable que supiera que Doug estaba molestando a Artie?

- Aunque la violencia no es buena solución, ¿por qué crees que Artie defendiéndose ayudó a poner fin a la tensión entre él y Doug? ¿Qué otros resultados positivos logró? ¿Cómo habrías manejado la situación?

DATOS CURIOSOS DE LACROSSE

1. El deporte por primera vez fue jugado por los algonquinos y iroqueses en el valle del río San Lorenzo de los Estados Unidos y Canadá.

2. Se creó el lacrosse originalmente para entrenamiento de guerreros.

3. El campo original del deporte para los nativos americanos podría ser tan grande como la distancia entre pueblos y sin límites. Sin embargo, los iroqueses a menudo jugaban en un campo de 500 yardas.

4. En 1936, Jean de Brebeuf, un misionero jesuita francés, escribió sobre un juego que vio a los indígenas hurones jugando y lo nombró "lacrosse." ¡La "cruz" es el palo con el bolsillo de red!

5. Se puede jugar el lacrosse moderno afuera (lacrosse sobre césped) o adentro (lacrosse caja o lacrosse bajo techo). Los equipos pueden ser masculinos, femeninos, o mixtos (lo cual se llama intercrosse). ¡Se puede jugar lacrosse en silla de ruedas también!

GLOSARIO

acompañar el golpe - Marcar el movimiento completo para optimizar la velocidad, habilidad, y/o precisión.

algonquinos - Una tribu de nativos americanos que tradicionalmente habitaba en el valle del río San Lorenzo y la región de los Grandes Lagos.

hurones - Una tribu de nativos americanos que tradicionalmente habitaba en el noreste de los Estados Unidos.

indígena - Nativo de un lugar específico.

iroqueses - Una tribu de nativos americanos que tradicionalmente habitaba en el este de los Estados Unidos.

lista de equipo - Una lista de nombres que hacen un equipo.

RESPUESTAS:

1. c 2. b 3. c 4. a 5. d 6. c 7. b 8. a 9. d 10. c

RECURSOS DE INTERNET

Booklinks
NONFICTION NETWORK
FREE! ONLINE NONFICTION RESOURCES

Para aprender más sobre el lacrosse, la independencia, y la intimidación visita a **abdobooklinks.com.** Estos enlaces son monitorizados y actualizados rutinariamente para proveer la información más actual disponible. Los recursos de internet están en inglés.